小学館文庫

蟲愛づる姫君の寵愛

宮野美嘉

JN230529

小学館

目次

蟲愛づる姫君の寵愛

蠱毒《こどく》というものがある。
壺《つぼ》に百の毒蟲《どくむし》を入れ、喰《く》らい合わせ、殺し合わせる。
そうして残った最後の一匹は、猛毒を持つ蠱《こ》となる。
それを古《いにしえ》より蠱術《こじゅつ》といい、その術者を蠱師《こし》と呼ぶ。

序章

魁《かい》国の王都釈楼《しゃくろう》にそびえたつ王宮には、つい先ごろ一人の王妃《おうひ》が嫁いできた。

大帝国斎《さい》から嫁いだ皇女。

民は清く尊き血筋の王妃を、様々に噂《うわさ》する。

天女のごとき美貌を持ち、心根は優しく周りの者たちに慕われ、王の寵愛《ちょうあい》を一身に受ける、素晴らしい妃である――と。

王妃が秋に嫁いできてから、数か月が経《た》っていた。

季節は真冬となり、大陸の北に位置する魁は凍《い》てつく寒さに覆われている。

若き国王楊鍠牙《ようこうが》は、その日の政務を終えて後宮へ帰ってきた。

数人の供を連れて石造りの薄暗い廊下を歩き、自室へたどり着くと、ちょうど部屋から一人の女官が出てきたところだった。

あまり特徴がなく人の目に留まりにくい容貌の若い女官だ。王妃の輿入《こしい》れに伴い斎帝国からやってきた、葉歌《ようか》という名の女官である。

彼女がここにいるということは、彼女の主《あるじ》である王妃がこの部屋にいるということだと、鍠牙はすぐに察する。

葉歌は鍠牙の顔を見て、かすかに喉を鳴らした。とても小さな音だったが、喉の奥からげえっとヒキガエルのような音が漏れる。

「お、王様、お戻りでしたか」

葉歌は挙動不審に視線を彷徨《さまよ》わせ、だらだらと汗をかき始める。誰がどう見ても怪しいことこの上ない。

「どうかしたか？」

「いえ、あの、その……お部屋にお入りになりますか？　少しどこかで時間をつぶしてこられるなどという予定は？」

まったくおかしな問いであった。何か不都合でもあるのかと鍠牙は怪しみながらも、軽い笑みを浮かべたまま答える。

「ああ、姫はいるか？」

問われた葉歌の額から、さらに大量の汗が流れる。

「王様」

葉歌は思いつめたように鍠牙を見上げた。

「殿方に大切なものは、一に寛容、二に寛容、三・四も寛容、五も寛容でございます。

それがご立派な殿方のありようというものです。ええ、誰が何と言おうとそうなんです。ですから部屋に入って何を見ても、寛容なお心で対処していただきたく！」

必死の形相で詰め寄られ、鍠牙はすぐにピンときた。

「さては姫がまた何かしたな？」

鍠牙が姫と呼ぶのは、己《おのれ》の妻のことである。婚礼から数か月が経っても、いまだに妻を姫と呼んでいる。

ぎくり——と音がせんばかりに葉歌は体を強張《こわば》らせた。

「たいしたことはありません。些細《ささい》な問題ですわ。ただ、お気になさるなら、ほんの少々別のお部屋でお待ちいただければ……」

「気にするな。今更姫が何をしようが、動じるような俺ではないぞ」

己の妻がいかなる姫か、この数か月で鍠牙は嫌というほど思い知った。自分がとんでもない姫を娶《めと》ってしまったことなど重々承知している。今更少々のことが起こったくらいで動じはしない。

鍠牙は余裕ではははと笑いながら、葉歌の横を通って部屋に入った。

国王の居室にしては割合簡素な部屋の正面に、長椅子が置かれている。そこに、一人の娘が仰向《あおむ》けで寝そべっていた。

先ごろ嫁いできた魁国の王妃にして、斎帝国の第十七皇女・李玲琳《りれいりん》である。

可憐《かれん》で華奢《きゃしゃ》な肢体。くったりとのぞく手足は抜けるように白い。目を閉じていても分かる圧倒的な美貌の王妃。齢《よわい》十五である。

その寝姿を見た瞬間——鍠牙は顎を落とした。

背後で葉歌が己の目を覆った。

ついさっき、玲琳が何をしようと今更動じない——と、自分は言った。確かに言ったが……

鍠牙はしばし立ち尽くし、ぶるぶると全身を震わせて、くわっと目を剝《む》いた。

「姫!!」

前言を一瞬で撤回した大音声が部屋に響く。部屋の外まで付き従ってきた従者たちがびくりと身をすくませる。

その大声で、玲琳はうっすら目を開いた。

「あら……お前帰ってきたの」

呟《つぶや》き、一つ大きなあくびをする。

鍠牙は腕組みし、頰《ほお》を引きつらせて玲琳を睨《にら》み下ろした。

「何だこれは」

聞きたくもなかったが、これを見ては聞かざるをえまい。鍠牙は玲琳のつま先から頭の先まで順繰り眺める。

怒声に異常を感じて部屋を覗《のぞ》き込《こ》んだ従者たちが、次々に悲鳴を上げた。

玲琳の体には、青い百足《むかで》や角のある蜥蜴《とかげ》、赤い血管を浮かび上がらせた蛇、足が無数にある巨大な蜘蛛《くも》——といった不気味な生き物たちが数えきれないほど乗っかっているのだ。

蟲まみれの少女。

常人であれば悲鳴を上げて逃げる状況だ。事実、従者たちは恐《おそ》れ戦《おのの》き姿を消している。彼らを臆病者とそしるのは酷であろう。むろん鍠牙は彼らを責めない。

「だから寛容なお心でと言ったじゃないですかあああ……」

女官の葉歌は白目をむきそうな勢いで天を仰いでいる。

寛容にも限度があるだろうがと思いながら、鍠牙はしかめっ面で玲琳を見下ろした。

玲琳は横になったまま寝ぼけ眼で鍠牙を見上げ、一考し、

「蠱よ」

鍠牙の問いに短く答えた。

蠱術——というものがある。

百蟲を喰らい合わせて残った一匹を蠱とし、人を呪い、殺す。

蠱術を扱う者を、古《いにしえ》より蠱師と呼ぶ。

李玲琳は蠱師の里で生まれた蠱師を母に持つ、蠱師だった。

うぞうぞと体の上で蠢《うごめ》く幾百もの蟲たちを、玲琳は愛《いと》おしげに指先で撫《な》でた。

それを見て、鍠牙はうんざりとため息を吐《つ》く。

「姫、いい加減にしろ。何度も言わせるな。俺の部屋を汚すんじゃない！」

「無礼な男ね。汚してなどいないわ。ただ、暖をとっていただけよ」

心外だとばかりに玲琳は鼻を鳴らした。

「だって寒いのだもの。この国はどうなっているのかしら」

不快そうに身を震わせている。なるほど、彼女の祖国である斎帝国は、魁国の南に位置してここより暖かい。真冬といえどもそこまで冷え込むことはなかろう。

しかしこの魁国は、秋が過ぎ去ればたちまち氷に閉じ込められたかのように冷える土地だ。もっともそれは、魁国の民にとってごく当たり前の季節の移り変わりである。

玲琳は喉元を這《は》う虫を撫でながら囁《ささや》きかけた。

「あなたたちがいなくては寒くて寒くて死んでしまうわ。美しく可愛《かわい》らしいあなたたちに包まれていれば、心まで温かくなるもの。春までずっとこうしていようかしら」

この姫は何を言っているんだと鍠牙は呆《あき》れた。蟲にくるまって暖をとる。どこからどう見てもまともではない。せめて毛布にしろと言いたい。

蟲に優しく語り掛ける玲琳を、鍠牙はじっとりとした目で見下ろした。

「なるほど、寒さに耐えかねて蟲にくるまっていたと……」

「ええ、こうしていれば夏は涼しいし冬は暖かいわ。そうね、夏が来ればまた暑くて蟲たちの涼を求めるのだから、いっそのこと一年中この子たちを体に纏《まと》わりつかせていればいいのよ」

玲琳は蟲まみれの状態で、さも名案を思いついたと言わんばかりに拳を握った。

この状態を絵師が絵に描いたとしたら、その題名は「異常」の一択であろう。

鍠牙は半ば眩暈《めまい》がした。

天女のごとき美貌を持ち、心根は優しく周りの者たちに慕われ、王の寵愛を一身に受ける、素晴らしい妃――などと、どこの誰が言ったのか。

最初に言ったやつはすぐに出てこい。張り倒す心の準備はできている。

人の部屋に蟲を持ち込み、後宮中の人間を震え上がらせ、蟲の寵愛を一身に受ける異常な王妃――そう訂正するのが正しかろう。

蟲にくるまる玲琳を冷ややかに見下ろし、鍠牙は暖炉を指した。

「火が入っているだろう」

「それでも寒いわ。お前たちと違って私は繊細なの。春までこのまま動かないから」

「……そうかそうか」

鍠牙は怖い目で玲琳をしばし見下ろしていたが、不意に手を伸ばして蟲を払った。

ぺいぺいぺいぺいっと手荒く蟲を払い落としてゆく。

平然と蟲に触るその様を、人が見ていたら悲鳴を上げたことだろう。実際、背後で様子をうかがっていた女官の葉歌は、口を押さえた手の下で、ひえええええと零《こぼ》した。鋼牙とて、好きで蟲に触れているわけではない。気持ち悪いか悪くないかと聞かれれば、非常に気持ちが悪い。

とはいえ慣れとは恐ろしいもので、こう毎日毎日、蟲、蟲、蟲、蟲……と見せられれば、怯《おび》えるのも馬鹿馬鹿しくなるものだ。

ただ、部屋を汚されるのは不快である。そして更に、彼女が蟲に纏わりつかれていることが不満である。ゆえに鍠牙は淡々と蟲を追い払う。

「何をするのよ！」

玲琳は目を三角にして飛び起きた。蟲たちはがさがさと這って玲琳の衣の陰に隠れる。幾百もの蟲たちがあっという間に消えた。まるで初めからそこには何もいなかったかのように、一匹残らず消え失《う》せる。

鍠牙は玲琳の隣にどかっと座った。

「そんなに寒いなら温めてやろう。ほらおいで」

軽く手を広げてパタパタと指先を動かす。子供扱いしたことが不満だったか、玲琳は眉を顰《ひそ》める。

「呆れた。お前があの子たちの代わりになるのですって？　お前は少し、身の程を知るべきじゃない？」

　彼女は腹を立てたらしく、あからさまな侮辱の言葉を投げてきた。対する鍠牙は別段腹を立てたりしない。李玲琳が蟲をどれほど愛しているか、鍠牙はよく知っている。

「そうかそうか」

　鍠牙は適当に相槌《あいづち》を打ち、ぐいっと玲琳を自分の方へ引き寄せた。

　やや斜めの姿勢で、背後から無理やり玲琳を抱きかかえる。

「おやめったら！　お前、衣が冷たいわよ」

　玲琳は身震いしながら訴えた。

「そうかそうか、気の毒にな。我慢してくれ」

　鍠牙は気の毒にと言いながら、玲琳をほんの少しも放さない。

　彼女が蟲を纏わせているのは酷《ひど》く不満だ。蟲がいてはこんな風にできない。

　玲琳はぐるりと振り返って鍠牙の顔を見上げ、軽く手を振った。

「冷たくて我慢できないわ」

　途端、玲琳の衣服の袖や裾や襟元から、ぞろりぞろりと蟲たちが這い出てくる。

「うお！　なんだ！」

　ぎょっとする鍠牙の体を歩き、蟲たちはあっという間に玲琳と鍠牙を包み込んだ。

　衣や肌の上を、乾いた足がかさごそと這う。その音と感触。

「ああ、やっぱりこれなら温かいわ。これで我慢してあげる」

玲琳はほうっと安堵《あんど》の息をつく。

「おい、姫……」

「何？」

「気持ちが悪い」

うぞうぞと身の上で這う蟲たちの感触が体の芯まで伝わってきて、鍠牙はしかめっ面を極めた。

「それなら離れて構わないわよ」

言われ、鍠牙は眉間に深くしわを刻み、しばし悩んだ。

玲琳を解放することによる利点と、解放しないことで得る利益を天秤《てんびん》にのせる。

そして結局、鍠牙は玲琳を解放することなく、這いまわる蟲を受け入れた。

その様子を見て、女官の葉歌はとうとう部屋から逃げ出した。

「お前は私の体が好きね」

玲琳はいささか呆れたように言った。

「蟲が嫌いなくせに私を放したくないなんて」

彼女の言う通り、鍠牙は蟲が好きではない。むしろ、人一倍嫌悪の情を抱いている
といってもいい。鍠牙は幼い頃蠱病《こびょう》に冒され、今もその病は治っておらず、蠱師であ

る玲琳が調合した薬を飲まねば夜ごと苦痛に苛《さいな》まれてしまう。

確かに鍠牙は蟲が嫌いだ。だが――

「あなたの心はいらないが、あなたの体は必要だからな。蟲くらいは耐えよう」

鍠牙は妻の心を望まない。そんな不確かなものはいらない。見えもしない、存在しているかも怪しい、瞬《まばた》きする間に変わってしまうかもしれない、そんな霞《かすみ》のごときものを鍠牙は妻に求めない。

仙人ではないのだから、霞を喰らって生きることはできないのだ。

求めるのは、彼女の肉体一つだった。

「俺はあなたがいないと眠れないし、安らげないんだ。あなたが傍《そば》にいてくれるならなんでもするし、ほしいものはなんでもあげよう。だから蟲より俺をかまってくれ」

言いながら、鍠牙は玲琳の頭をぐりぐりと撫でる。雑に撫でたせいで、玲琳の髪はぐしゃぐしゃに乱れた。

「お前は奇特な男ね」

玲琳はやれやれとばかりにため息を吐く。

異常な女に奇特な男と言われていささか納得しがたいものはあったが、鍠牙はにやりと笑って返した。

「ああ、あなたのように奇矯な姫を妻にできる男などそうはいない。蟲よりよほど役に立つと思わないか？」

鍠牙の見え透いた挑発に、玲琳は予定調和のごとく乗ってくる。

「お前が蟲たちの百分の一でも使える男になったら、そう言ってあげてもいいわ」

想定通りの言葉が返ってきて、鍠牙は可笑《おか》しくなった。

「そう無下《むげ》にするな。蟲より粗末に扱われると悲しくなってしまうだろ。あんまり悲しくなりすぎて、あなたの蟲を一匹残らず叩《たた》き殺したくなったらどうするんだ」

玲琳の目の下がぴくりと動く。無言で思い切り後ろへ頭を逸《そ》らせ、鍠牙の鼻面へ頭突きを喰らわせた。鍠牙は軽く呻《うめ》いて玲琳から手を放す。玲琳は体当たりするような格好で、鍠牙を長椅子に押し倒した。

その上に半ばまたがる姿勢で、玲琳は鍠牙の喉元に手を当てる。袖口から顔を出した蛇が、鍠牙の喉元に鋭い牙を向けた。

蛾《が》も、蜘蛛も、蠍《さそり》も、蛇も、猫も……蟲になるものは全て蟲だと彼女は言う。蠱師に育て上げられたこの蟲は、鍠牙を一嚙みで死に至らしめる猛毒を蓄えているに違いない。玲琳は凶器を突きつけて淡々と告げた。

「そんなことをしたらお前を殺すわよ」

蛇の牙が喉に触れる。並の人間であれば、恐怖に慄《おのの》き我を忘れたかもしれない。しかし鍠牙は思わず笑っていた。

「はは、それはいいな」

途端、玲琳の剣呑《けんのん》な気配が少し変わった。

「……お前は腹の立つ男ね」

「姫に殺されるなら本望だ」

冗談めかして笑う鍠牙に、玲琳は冷ややかな眼差《まなざ》しを向けた。

「ああそう、分かったわ。それじゃあ、訂正するわ」

鍠牙にのしかかったまま、玲琳はぐっと顔を近づけた。

「そんなことをしたら――もう二度とお前と一緒に寝てあげないわよ」

途端、鍠牙の薄ら笑いは消えた。

「姫、落ち着こう。話せば分かる。ごめんなさい、俺が悪かった」

たちまち手のひらを返す。彼女と一緒に寝られないのは困る。非常に困る。彼女の心はいらないが、彼女の体は必要だ。

「私の蟲を虐《いじ》めたりしないわね？」

「もちろんだ。姫の大事なものは俺の大事なものに決まっている」

鍠牙はキリリと眉を上げて宣言した。一瞬で前言を撤回するそのことを、鍠牙は特に恥だと思わない。それを聞いて玲琳はにんまり笑い、蛇を仕舞《しま》って両腕を広げた。

それは二人の間で、抱きしめてあげるという合図のようなものだった。

鍠牙は起き上がり、お許し通り玲琳を正面から抱きしめる。その温かさに体中の肉がとけるような安堵を覚える。体の上にはいまだガサゴソと虫が這いまわっていたが、まあいいかと思い始めた。この温かさの前には些細なことだ。

玲琳は鍠牙を抱きしめ返したまま腕の中で言った。

「なら、今日も一緒に寝ることを許すわ」

同じ部屋で共に夕食を食べ、鍠牙はいつもの薬を飲む。

鍠牙の体を蝕《むしば》む蠱毒を解毒するための解蠱薬《かいこやく》。いつも通り糞不味《くそまず》いと文句を言いながらそれを飲み干す。

そして共に床へ入った。

いつも通り鍠牙は玲琳にすがるように抱きつく。しかし彼女が嫁いで数か月経っても、鍠牙はそれ以上のことを彼女にしたことがない。

いかんせん玲琳は、鍠牙の目に幼く映りすぎた。

彼女は決して童顔でも小柄なわけでもないが、土地の違いゆえに魁の女人よりずいぶんと小さい。やはり幼く見えてしまうのだ。

明かりを消して寝入ろうとした時、鍠牙はふと呟いた。

「これはいつまで続くんだろうな」

「これというのは？」

玲琳は眠そうに聞き返す。

「姫が俺の傍で寝てくれて、俺は苦しまず普通に眠れる……この夜が」

「もちろん死ぬまで続けるのよ。私の気が変わらない限りはね」

鍠牙はしばし考えるように黙っていた。静けさが部屋の隅々まで行きわたる頃、

「そうか、死ぬまで続くのか」と小さく呟いた。

そうして眠りについた深夜、異変が起きた。

鍠牙は幼いころ蠱毒を飲まされて以来、夜は苦痛に苛まれて十年間まともに眠ることができなかった。玲琳の薬を飲んでようやく眠れるようになったが、いまだに眠ることも起きることも酷く下手で、一度眠るとなかなか目が覚めない。

しかしその日の夜半を過ぎ、鍠牙は悲鳴を上げて突如飛び起きた。

全身を切り刻まれるかのような絶叫に、彼の腕の中で眠っていた玲琳も目を覚ます。

「何なの!?」

鍠牙は寝台の上に起き上がり、呆然《ぼうぜん》と暗闇を見つめていた。うっすらと入る月明かりの中、酷く荒い息をついている。

「何があったの？」

「……夢を見た」

掠《かす》れた声で呟く。悲鳴で喉を痛めていた。

「何の夢を？」

「…………姫……あなたは俺が好きか？」

「……は？」

何の脈絡もない問いに、寝起きの玲琳は素っ頓狂な声を上げる。ややあって小さく頷《うなず》いた。

「ええ、好きよ」

「……そうか」

鍠牙の声がかすかに震えた。しかしそれ以上何も説明することなく、倒れるように寝台へ横たわる。

玲琳はそれ以上追及することはなく、布団の中に潜り込んだ。

ただ悪夢を見ただけのこと。誰にでもある些細な出来事でしかない。

それが異変の始まりだったと二人が気づくのは、かなり後のことになる。

第一章

この瞬間は何度経験してもドキドキする。

木枯らしの中、玲琳は後宮の庭園に自ら造った毒草園にいた。

「ああ……ちゃんと育っているかしら？　緊張するわ」

ときめきを瞳に秘めた乙女の様相で、玲琳は己の胸を押さえる。

上手《うま》くできているだろうか？　どんな子になっているだろうか？　不安と期待が胸に溢《あふ》れている。

地味な毒草が所狭しと植わる毒草園の中に、一抱えもある大きな甕《かめ》が置かれている。

玲琳はそっと甕の蓋を取った。

「出ておいで」

声をかけると、甕の中からもぞもぞと巨大な一匹の蟲が這い出てきた。

甕の縁に止まったのは一匹の巨大な蛾。蛾蠱《がこ》と呼ばれる蟲だ。大鷲《おおわし》かそれ以上の大きさがある。黄金色のぷっくりと膨らんだ体。樹氷のような触角。ふさふさとした胸毛。縞模様《しま》の腹の突端に、蛇のごとき長い尾が生えている。

「綺麗《きれい》……」

玲琳はきゅうんと胸を締め付けられ、我知らず呟いていた。

「あなた……何て可愛いの。こっちへ来て」

呼び寄せるように手を広げると、蛾はぷっくりした体で一度羽ばたき、いささか重たそうに玲琳の肩へ止まった。顔が玲琳にすり寄せられる。玲琳はふさふさの胸に顔を埋《うず》めて幸せそうに笑った。

「お妃様ー、王様がお呼びですよ」

玲琳が悦に入っていると、女官の葉歌がそう言いながら小走りに近づいてきた。彼女は蛾と戯れている玲琳を見るなりひいっと呻き声をあげる。

「でかっ！　キモっ！」

真っ青な顔で仰《の》け反《ぞ》る。

「なんですかそれ、でかすぎるじゃないですか。と言うか何だか……でぶくないですか？　いやだ、絶対近づけないでくださいね」

でぶいと言われて玲琳はカチンときた。そこが可愛いのではないか。怒りを超えて半ば呆れる。

「無礼を隠さないお前の姿勢は立派だわ。そういうところ好きよ」

「だって気色悪いじゃないですか。そういう不気味なものはよそに置いといて、王様がお呼びなんですってば」

「そう、ちょうどいいわ。せっかくだからこの子を見せてあげましょう」

上機嫌の玲琳はふふふと笑いながら蛾蠱を撫でた。

「ええ!? いくらお優しい王様でも、そんなでぶくて気色悪いものを見せられたらさすがに怒るんじゃないですか？ ひっ……やだ！ こっち見ないで！」

ぐるんと首を巡らせた蛾蠱に見つめられ、葉歌は仰け反る。

「そこら辺の浅薄な毛玉と比べれば格段に愛らしいと思わないかしら？」

「冗談でしょ！ そこら辺の浅薄な毛玉……犬猫の方がずっと可愛いかと！」

鳥肌を立ててぶんぶんと首を振る。

「分かっていないわね、この子の愛らしさが」

玲琳はため息をついてまた蛾蠱を撫でた。

「少しは見る目のあるあの男に見せてくるわ」

鍠牙は蠱に文句を言うし、蠱を嫌っているが、蠱を拒絶しない。彼はそれが玲琳自身を拒絶する行為だと知っている。蠱師としての玲琳を尊重する数少ない人間だった。

新しく生まれたこの蠱を見せたらどんな反応をするだろうかと考えながら、玲琳は鍠牙の部屋へ向かった。

時は少し遡る。鍠牙は非常に困惑していた。

魁の国王楊鍠牙は、臣下に慕われ敬愛される王である。

先代の王亡きあと、若い身でありながら立派に跡を継ぎ、酒や女に溺れることも、己の欲に従い政《まつりごと》をほしいままにすることも、特定の臣下を贔屓《ひいき》したり差別したりすることもない。

日々政務に励み、歴史の浅い国を発展させようという意欲がある。それに伴う実力もある。彼が即位してから確実に近隣諸国との関係は良化しているし、大陸随一の大帝国斎との密な繋《つな》がりは、国民に希望を与えたことだろう。

顔立ちも精悍《せいかん》で、体格もいい。

性格は明るく軽快でありながら、頼りがいがある。

平たく言おう。楊鍠牙は男として優良物件である。

その内側にある黒いものを知りさえしなければ――

許嫁《いいなずけ》を失ってから何年も、次の婚約をしようとはしなかった。年頃の娘を持つ臣下からしてみれば、我が娘をぜひ王の妃に！　と思うのは当然の成り行きである。

特に魁は母親の身分にあまりこだわらない国柄ゆえ、さほど身分の高くない娘でも、王の目に留まれば妃になることができた。

となれば、鍠牙のもとに縁談が数限りなく舞い込むのは自然なことだ。しかしそれも、斎の皇女である玲琳を娶って以来ぱったりとやんでいて、鍠牙はこの先自分に他の縁談があるなどとは考えてもいなかった。

そんな鍠牙が、この日突然言われたのである。

「陛下、そろそろ側室を持たれませ」

執務室の机に着き、片肘をついて竹簡に目を通していた鍠牙は、がくんと椅子から落ちかけた。

「……今何と言った？」

怪訝《けげん》な顔で目の前に立つ男を見上げる。厳《いか》めしい顔にむさくるしい黒々としたひげを生やした壮年の男は、魁の大臣の一人、姜《きょう》大臣である。融通の利かない堅物で、扱いが難しく、陰で女官から羆《ひぐま》大臣などと呼ばれている。

「側室を持たれませと申しました」

姜大臣は淡々と同じ言葉を繰り返した。

「妃が嫁いでまだ数か月しかたっていないんだぞ」

鍠牙は苦笑してみせた。心の内では舌打ちしたい心地であった。

「いいえ、そもそも王妃を迎えるのが遅すぎたのです。我々は、許嫁を失った陛下のお心を慮《おもんぱか》り、今まで口出ししてまいりませんでした」

厳めしい顔の大臣は緩くかぶりを振る。

「しかしお世継ぎがいない今の状態を、いつまでも続けるわけにはまいりません。そのために、側室を持つべきです。気に入った姫がいなければ、まずは私の娘を後宮へ上がらせましょう。その後は随時陛下の目に留まった姫を」

姜大臣は揺るがぬ強さで言った。

鍠牙は言い返そうとして口を開き、しかし額を押さえて黙り込んだ。

面倒なことになった。私利私欲で娘を王に差し出す臣下なら、まだ分かりやすくて簡単だ。だが、目の前の大臣が私利私欲で動かないことを鍠牙は知っている。この大臣は本気で国を案じ王を案じ、側室を持つべきと提案している。こういう人間は欲で動く人間の百倍面倒だ。

「姜大臣」

鍠牙は飛び切り真剣な顔を作ってみせた。

「そのようなこと、斎の女帝が許すまい」

「知らせねばよいだけのことです」

「そう上手くいくとは思えん。天井裏に潜んで閨《ねや》の会話をつぶさに聞いている、女官に扮《ふん》した間諜《かんちょう》などがいるかもしれんしな」

「そのような奇怪な女官が後宮にいるはずはありません」

いるんだよと鍠牙は怒鳴りたくなる気持ちを抑える。

「仮に隠しおおせたとしても、妃はいい顔をしないだろう。あの姫はああ見えて繊細で難しい。その方らも噂は聞いていると思うが……」

蠱師を名乗る王妃の噂を知らぬものはいまい。姜大臣は小さく首肯《しゅこう》した。

「お妃様が蠱術を駆使して民を病から救った噂は聞いております。ご立派なことと存じます」

他の臣下が言ったのなら嫌味《いやみ》であろうが、この大臣が発する言葉は紛《まぎ》れもなく本心なのだった。あの玲琳をご立派と称する男がこの国の大臣の一人であることに、いささか不安を覚える鍠牙だった。

「……そうだな。聡明《そうめい》な妃だ。この国の王妃としてこれからも努めてほしいと思う。そんな妃との間に亀裂が入るようなことは控えるべきではないか？」

「なるほど……では、お妃様が了承してくだされればいいのですね？」

聞き返され、鍠牙はぎくりとした。

「いや待て！　そういうことではない！」

「分かりました。わたくしめがお妃様に伺ってまいりましょう」

姜大臣は踵《きびす》を返して執務室を出ていこうとする。

「待て！ 分かった。俺が話そう。部屋に妃を呼ぶ」

鍠牙は慌てて姜大臣を制止した。頭がくらくらしそうだ。


鍠牙に呼ばれた玲琳は、道中すれ違う全ての人間に悲鳴を上げさせて彼の部屋へ着くと、勢いよく扉を開け放った。

奥の机に鍠牙がいる。そしてその傍らに、見知らぬ壮年の男が立っていた。その周りには幾人かの女官が。

二人の男は肩に巨大な蛾を止まらせた玲琳を見て目を見張り、女官たちはギャッと悲鳴を上げて部屋の端へ飛びのいた。

「来たか、姫」

玲琳の行動にいい加減慣れたらしい鍠牙は、真っ先に平静を取り戻す。

「今日はまた、ずいぶんでかいのを連れているな」

注目されて玲琳は少し嬉《うれ》しくなり、美しい蛾蠱を見せつけるように胸を張った。

「ええ、どうかしら？」

声を弾ませる玲琳に、鍠牙は苦笑。

「……太……いや、丸いな」

「そこが可愛いと思わないかしら？」

「見事に育っているなとは思う」

「でしょう!?」

玲琳は鍠牙に近づいた。

距離を詰められた女官たちは、蜘蛛の子を散らすように部屋のあちこちへ逃げる。

「こんなに大きくて美しい子は珍しいでしょう？　触れることを許すわ」

「それはどうも」

玲琳が蛾蠱を差し出すと、鍠牙は手を伸ばして玲琳の頬をちょいとつついた。

「違うわよ」

「そっちはまた今度にしよう」

鍠牙はすぐに手をひっこめた。玲琳はちょっと頬を膨らませて蛾蠱の腹をさすり、傍らでじっとしている男に目を向けた。

「お前は？」

「大臣の姜です。お久しぶりでございます」

姜と名乗る男は恭《うやうや》しく礼をした。久しぶりということは婚儀の際にでも会ったのだろうが、興味がない人間をすぐに忘れてしまう玲琳は彼のことを覚えていなかった。

姜大臣は玲琳の蛾蠱を凝視している。

「……それは人を喰うのですか？」

機嫌のいい玲琳はにこっと笑った。その笑みは斎の皇女にふさわしく優美なものに見えたことだろう。肩に止まる蟲さえ無視できるのならば。

「ええ、食事を与えなければ飢えて人を襲うわ。けれど、私が血を与えているから大丈夫。お前たちを喰ったりしないわよ。触る？」

「いいえ、遠慮いたします」

玲琳が差し出した蛾蠱を見て、姜大臣はすっと一歩下がる。

「そう、残念ね。で、何の用かしら？」

玲琳はため息まじりに問いかけ、鍠牙と姜大臣を交互に見やる。

「姫よ、少しでも思うところがあればすぐに断ってくれ。実は……」

鍠牙が机の上で手を組み合わせ、真剣な顔で話し始めたが、すぐに言葉を濁した。どう続けようか迷っている様子の鍠牙に代わり、姜大臣が口を開いた。

「お妃様は、現在懐妊中でいらっしゃいますか？」

想像の埒外《らちがい》にある問いに、玲琳はきょとんとした。鍠牙は椅子から落ちかける。

「いいえ。心当たりは一切ないわ」

問いの意図が分からないまま、玲琳は首を振った。ちらと鍠牙に目をやると、彼は気まずそうに視線を逸らす。

「そうですか……不躾《ぶしつけ》ながらお伺いいたします。お妃様、あなた様が懐妊なさった場合、生まれてくる子は蠱師になるのですか？」

玲琳はようやく彼の懸案事項が分かり、なるほどと一つうなずいた。

「ええ、お前の案じている通り。蠱師の血は伝わるわ。蠱師の子は蠱師の素質を持って生まれる。けれど、その血のほとんどは女にのみ現れるのよ。私が産むのが男であれば、蠱師の血は眠ったままでしょうね」

「しかしその血は伝わっている。男は蠱師にならずとも、その子の世代に蠱師が生まれるやもしれませんな」

「その可能性はあるわ」

「……現在魁国には世継ぎがおりません」

「そうなの？」

鍠牙に息子がいるかどうかなど知らないし、気にしたこともなかった。

「はい、おりません。王には世継ぎが必要です。しかし——蠱師の血を引く王子を王位につけるわけにはいきません」

「穢《けが》れた血を王にすることはできない？」

「いいえ、異能を持つ者が王になることが危険なのです。蠱師は人知を超えた恐ろしい存在。高き身分にあるべきではないと考えます」

玲琳は目をぱちくりとさせた。不思議なことを言う男だなと思う。王妃を前にして、平然とこんなことを言う。

嘘《うそ》を並べ立てて説得することもできるだろうに、隠すことなく本心をぶつけている。無礼であり、愚かである。垣間《かいま》見《み》える、堅苦しいほどの強烈な信念。国のための機能として生き、死ぬのだと言わんばかりの愚直さ。

「では私にどうしろと？」

「王が側室を迎えることをお許しいただきたい」

想像もしていなかったことを提案されて、玲琳はぽかんとした。

鍠牙が側室を迎える？　考えたこともなかった。

玲琳が戸惑っていると、姜大臣の横に座す鍠牙がぱくぱくと口を動かしている。難しい顔で玲琳に何かを伝えようとしているようだが、何と言っているのか分からない。

静かになった室内に厳めしい姜大臣の声が再び響いた。

「はっきり申し上げます。王が今崩御するようなことがあれば、順当に跡を継ぐ者がおらず、王位を巡って争いが起きます」

「おい、勝手に殺すな」

鍠牙が苦虫を嚙み潰《つぶ》したような顔になった。姜大臣は構わず続ける。

「国が傾きかねないのです」

「なるほど、そうなれば私の偉大なるお姉様が、たちまちこのちっぽけな国を平らげてしまうでしょうね」

玲琳は顎に指をあて、その光景を想像するかのごとく目を細めた。

「その通りです。世継ぎの王子は今すぐにでも必要なのです。その王子を産むのはお妃様であってはならない。側室を用意すること、お許しいただきたい」

「ふうん……もしかするとお前は、私が妃の立場にいることも不満なのかしら？」

いささか挑発するように笑みを浮かべて問いかけると、姜大臣は顎を引いた。

「斎の女帝が無理やり結んだ縁談を拒む力など、我が国にはなかった。しかし、嫁いでくる皇女が蠱師だなどと誰が思うでしょう。いくら人命を救った立派な方でも蠱師は蠱師。それを隠し、強引にあなたを我が国へ嫁がせてきた。斎の女帝は悪辣《あくらつ》非道《ひどう》と言う他ありません」

「姜大臣！　不敬である。控えよ！」

鍠牙が強く叱責する。

玲琳は姜大臣の言葉に、目を見張って固まった。頭の中にその言葉が巡り、パチンと何かが弾《はじ》けた。

「あはははははは!!」

玲琳は突如けたたましい声をあげて笑った。鍠牙と姜大臣が同時に驚きの顔になる。

ひとしきり笑い、深く息をついて玲琳は姜大臣と正対した。

「いいわ。不敬を全て許すわ。お前の言葉を理解して尊重しよう。側室とやらを連れておいで。お前がふさわしいと思う者を。私が全霊を賭してその娘を庇護《ひご》するわ」

玲琳は薄い笑みを残したままそう言った。姜大臣は意外そうに玲琳を見返している。

「姫！」

鍠牙が怖い顔で立ち上がった。何か言いたそうにしているが、はっきりとは言葉にしない。彼のそういう煮え切らない態度は珍しいと玲琳は思った。

「大丈夫よ。お姉様は側室ごとき問題視したりしないわ」

「そういう……」

そういうことではないと言いかけて、鍠牙は苦い顔で視線を斜め下に投げる。

「感謝いたします。お妃様が聡明な方で助かりました」

姜大臣が恭しく頭を下げた。

「側室は何人いてもかまわないと思いますが、まずは私の娘を上がらせましょう。すぐに支度をさせます」

一息に言うと、姜大臣は足早に鍠牙の部屋を出ていった。

部屋のあちこちへ逃げていた女官たちが、一塊になってひそひそと話し合っている。

「側室ですって？」「姜大臣のご息女が？」「そんな……嫁いですぐ側室だなんて、お妃様がお気の毒だわ」「そうよ、あんなおかしなお妃様でも、私たちの恩人には違いないわ。私たち、この異常なるお妃様に耐えるって決めたじゃないの！」「でも姜家の姫君……きっと洗練された姫君なんでしょうね」「少なくとも蠱師ではないわね」「だめよ！　誘惑されないで！」「でも姜家の姫君……どうせなら蠱師よりは……」

女官たちにも様々な葛藤があるらしい。鍠牙が一つ嘆息し、彼女たちを下がらせた。

二人きりになると、鍠牙は怖い目でじろりと玲琳を睨んだ。

「断れと言っただろ」

「お前、いつそんなことを言ったのよ」

「声を出さずに口の形で言っただろ！」

「ああ、そう言っていたの。ふざけているのかと思ったわ」

鍠牙は机の上に肘をついて手を組み、拳に頭をつけて深々とため息をついた。

「どうして承諾した」

「何故《なぜ》承諾してはいけないの？」

「あなたは俺が側室を持ってもいいと？」

「構わないわよ。お前の閨事情になど何の関心もない。百人側室を持ったところで、どうも思わないわ」

鍠牙は唖然《あぜん》とし、口を数回はくはくさせて、またしても深く息を吐いた。

「姫よ……上質な衣を買ってやるから、歯に着せてもらっていいか」

「いらないわ」

「俺も側室などという面倒なものはいらない」

「ならば自分で断ればいいじゃないの。そこまで嫌なのにはっきり言わなかったのは何故？　あの大臣に弱みでも握られているの？　今日のお前は少し変だったわ。ああでも……お前はいつも変だったわね」

一人で勝手に納得する玲琳を睨みつけ、鍠牙は不意に嫌味っぽく笑った。

「……姫、自分が娶ろうとする相手が必ず命を狙われる——という気持ちが理解できるか？」

彼が何を言っているのか、玲琳は瞬時に察した。彼のかつての許嫁だった明明《めいめい》という娘は、結婚する前に殺害されたという。

「俺はもう他の妃は持ちたくなかった。誰を娶ったところで、また殺されるだけだと思ったからだ。自分のせいで相手が死ぬと想像するだけで吐き気がする。他の臣下はみな早く妃をと迫ってきたが、姜大臣だけは、婚約者を失った傷が癒えていないのだから——と、新しい縁談を防いでくれていた」

「恩があるからきつく拒めないということ？」

「……まあそういうことだ。笑うか？」

「笑ったりしないわ。お前は姜大臣を味方だと認識したのね。お前がそういう……依存心の強い人間だということは知っているわ」

ずばっと言った玲琳に、鍠牙はムッとした顔になる。

「けれど、お姉様を拒むことはできなかったというわけね」

「この世にあの女帝を拒める人間がいるのか？」

彼は皮肉っぽく鼻で笑った。

「姉を侮辱されて、あなたは怒ると思ったんだがな」

「侮辱？　あれは理解と称賛でしょう？　お姉様を悪辣非道であると断じた。あの男の眼力を私は称《たた》えるわ。お前があの男を信用した気持ちも分かるわよ。あの男は正しい。私のお姉様はこの世で最も恐ろしい――女神だもの」

玲琳は嬉しげに笑いながら、からかうように手のひらをひらひらさせた。

鍠牙はうんざりしたようにまたため息。

「斎の女帝がこの事態を察して何か邪魔をしてくれればな……」

「お姉様はそんなことしないわ」

鍠牙はちっと舌打ちした。心底嫌そうである。しかし彼は、どんなに嫌でも自分一人の我儘《わがまま》で側室を拒むようなことはすまい。鍠牙は自由に振舞っているように見えるが、その実、がんじがらめと言っていいほどに自分を厳しく律している。そこから外れることを恐れているかのように。

玲琳が拒まぬ限り――あるいは姜大臣が諦めぬ限り――側室はここへやってくるだろう。そして玲琳は、側室が来ることをそれほど悪いことだとは思えないのだ。

「王なら側室を持つのは当然のことと諦めたらどう？　斎の後宮には側室など数えきれないほどいたわよ。私のお母様もその一人だけど。お前だって案外その側室を気に入るかもしれないわ。私を気に入ったのと同じように」

途端、鍠牙は固まった。彼はそのまましばし彫像のように身を固め、口を開いた。

「姫」

呼ばれた瞬間、玲琳は薄氷を割るような音を聞いた気がした。実際はどこにも氷などなく、それは空耳に過ぎなかったが、玲琳の耳には音のない何かが聞こえたような気がしたのだった。

鍠牙は玲琳を真っ向から見ている。今までの不愉快そうな表情は掻《か》き消え、穏やかな真顔。見据えられ、玲琳はぞくりとした。恐怖――とは違う感覚。

「あなたはこの世に二人いないし、いらない」

鍠牙は淡々と言った。

玲琳はそれに何と返したらいいのか分からず、口を閉ざしてしまう。

「まあ……仕方がないな。側室のことは考えておこう」

そう呟いた時にはもう、鍠牙の表情はいつものものに戻っていた。

「……そう、じゃあ私はもう戻るわ。今日も蟲の世話が忙しいの」

そう言って、玲琳は鍠牙の部屋を出た。

廊下を一人歩きながら、今までの会話を反芻《はんすう》する。

自分が何か、間違えてしまったような気がしていた。


その翌朝のことである。

「お妃様！　側室をお許しになったというのはどういうことですの!?」

いつも通り鍠牙の部屋から戻った玲琳に、女官の葉歌が詰め寄った。

「どうもこうもないわ。許すべきだと思ったから許したの」

あっさり答えた玲琳に、葉歌は開いた口がふさがらぬと言わんばかりだ。

「なんてことでしょう……酷い裏切りだわ！　そんな非道がまかり通るなんて許せません。実現する前に、王様の息の根を止めて差し上げなくては……」

ぶつぶつと呪いのような言葉を吐く。玲琳はやれやれと嘆息した。

「些細なことを気にするのはおやめ」

「そんな呑気《のんき》な……！」

葉歌がくわっと目を見開いたその時、部屋の扉が勢いよく開いた。姿を見せたのは鍠牙の側近姜利汪《りおう》だった。

魁へ嫁いで驚いたことの一つに、後宮への人の出入りがある。斎では後宮への人の出入りが厳しく規制されていた。特に父である先代皇帝の時代は、後宮へ宦官《かんがん》以外の男が入ることは決して許されなかったのだ。

しかし魁では、案外気安く男性が出入りする。鍠牙の臣下や側近、衛兵。様々な男を玲琳はこの後宮で見た。自分が今まであまり男を見たことがなかったのだと、玲琳はここへきて初めて自覚した。

「お妃様！　側室をお許しになったとは本当ですか!?」

利汪は入るなり叫んだ。彼がそのように礼儀をわきまえないことをするのは珍しく、玲琳はいささか驚いた。

「王の世継ぎは国の一大事。何故そのように勝手なことを!?」

「お前もなの……？」

葉歌に続いてこの男まで、玲琳が側室を許したことを責めようというのか。

「側室を迎えることの何が悪いの？」

うんざりしながら聞き返すと、利汪はこの上なく渋い顔になった。

「……側室候補は私の妹です」

それを聞いた玲琳と葉歌は同時に目を丸くした。

玲琳は側室の話を持ってきた大臣のことを思い出した。顔はもう覚えていない。しかし名は覚えていた。

「姜大臣……あれはお前の父親？」

首をかしげて確かめた玲琳に、利汪は怖い顔で顎を引いた。

なるほどと玲琳は納得した。鍠牙が姜大臣に強く反対できなかった理由が分かった。鍠牙の死んだ許嫁は、利汪の妹だったと聞く。つまり姜大臣の娘だったのだ。娘を死なせてしまった。鍠牙にはその負い目があるのだ。

「妹を側室候補になどと……父のとんだ妄言です。妹は、後宮などという場所で暮らせるような娘ではないのです」

険しい顔で諭され、玲琳は逆の方へ首を傾けた。

「お前は後宮を見下しているの？　それとも妹を卑下しているの？」

聞き返された利汪は一瞬言葉に詰まり、しかし拳を握って答える。

「妹は幼い頃から挙動不審で、まともに人と会話もできぬ臆病者。とても側室など務まるはずがありません。お妃様からお断りください」

「それはできないわ。私はもう、この話を受けてしまったもの。お前の妹が苦労せぬよう、私が庇護してあげるわ。安心なさい」

たちまち利汪は苦虫を噛み潰したような顔になった。玲琳の言葉が何一つ信用できぬというように。この男の中で玲琳の評価は酷く低い。

「はっきりと申し上げますが！　妹をお妃様のような恐ろしい方と競う立場に立たせたくはないのです！　たとえ不出来な妹でも、私にとっては他の何にも代えがたい大切な妹なのですから！」

彼は無礼を隠さずはっきり言った。この男は玲琳を心底嫌っているのだ。それはよく知っている。しかし玲琳はといえば、利汪をそれなりに気に入っていた。彼が玲琳を嫌っていることは、玲琳が彼を嫌う理由にはならない。

しかし玲琳に仕える女官にとっては違っていたらしい。

「失礼じゃありませんか、利汪様！　いくら本当のことでも、言っていいことと悪いことがありますわ！　いくらお妃様が、恐ろしくて気色の悪いことばかりしている異常で不気味な蠱師だからって!!」

葉歌が噛みつくように怒鳴り、利汪の顔面を指さした。己《おのれ》の発言の方がよほど無礼であるという自覚は、彼女にあるのだろうか。あまりの言いように玲琳は脱力した。

利汪は怒鳴る葉歌をじろりと睨んだものの、彼女には何も言い返さず玲琳に言った。

「我が姜家は、今まで幾度も王妃を輩出してきた家柄。先王の妃もそうでしたし、鍠牙様も本来なら……」

利汪は一旦言葉を切った。

「しかし私は、我が姜家がこれ以上力を持つべきではないと考えています。姜家は恐るべき犯罪者を出してしまった。我が家の娘が側室となり世継ぎを産むなど、あってはなりません」

重々しい言葉に、玲琳は怪訝な顔をする。

「犯罪者？　知らないわ、誰のこと？」

すると今度は利汪が訝《いぶか》る表情に変わる。

「ご存じないはずはありません。夕蓮《ゆうれん》様はあなた様の友であったはず」

その名を聞き、玲琳は瞠目《どうもく》した。夕蓮とは鍠牙の母であり、鍠牙の許嫁を殺害した人物である。

「夕蓮は姜家の出なの？　お前の親戚？」

「聞いていませんか？　彼女は父の妹。私の叔母です」

玲琳は絶句した。そんな話は初めて聞いた。彼女と会話した時、それらしいことを言っていただろうか？

「お前が自分の息子になるはずだったと、独特な理論を振りかざしているのは覚えがあるけれど……」

「ああ……あれは彼女の口癖ですね。妹の明明が陛下と婚約していた頃、よく……」

そこまで言って、彼は先ほどと同じく口を噤《つぐ》んだ。鍠牙に嫁いだ玲琳の前で、昔の許嫁の名を出すのは配慮に欠けると思ったのかもしれない。

「ああ……そうだわ。死んだ許嫁は従姉《いとこ》だったと聞いたわ。母方の従姉だったのね」

「ええ、そうです」

利汪は苦い顔で口を噤み、しばし思案した末に重い口を開いた。

「お妃様……父には言わないでいただきたい」

「何を？」

「……妹の明明が、夕蓮様に殺されたということを」

「知らせていないの？」

「……父は頑固で堅物です。夕蓮様がしたことを知れば、何をするか分かりません。夕蓮様を自分の手で殺《あや》めようとする恐れもあります。そのようなことを、陛下は望みますまい」

そう言う利汪も、相当頑固で堅物だと玲琳は思う。彼にとっては鍠牙が何より大事なのだ。その忠誠心を玲琳は評価する。

「いいわ。黙っていましょう」

「ありがとうございます」

利汪は慇懃《いんぎん》に礼をして、退室した。

利汪が去ると、玲琳は毒草園に出た。寒さにやられてしまいそうな毒草たちに、せっせを藁《わら》をかける。

「お妃様、本当に本当に本当にいいんですか？」

作業を手伝いながら、葉歌が不満そうに聞いてきた。

「何が？」

「側室のことですよ」

「かまわないと言っているじゃないの」

「だって、相手はきっと深窓のお姫様ですよ？　それに比べてこちらは泥まみれ蟲まみれの蠱師。戦う前から勝負はついてるじゃないですか。王様から捨てられたらどうするんです？」

「お前の無礼は天晴《あっぱ》れだけれど、側室など気にする必要はないわよ」

呆れながら言い、玲琳は凍える手のひらに白い息をかける。

雪が降りそうだと思った。山を越えた魁の西側は冬になると雪ばかりで、積もった雪は春まで解けないという。しかし王都まで雪雲が越えてくることはあまりないらしく、寒さばかりで雪がどっさりと積もるのは珍しいらしかった。

「お妃様、少し油断しすぎじゃありませんか？　夫婦の仲なんてあっという間に冷めてしまうものなんですよ。例えば、先日都で起こった事件をご存じです？」

「知らないわ。何かあったの？」

「とある貴族の男が、妻に惨殺されたという事件です」

葉歌は怖い顔で玲琳にぐっと詰め寄った。

「殺された夫は、突然何の理由もなく妻へ離縁を突きつけたそうですわ。そのことに絶望した妻が、夫を刺し殺し、死体を切り刻んだんです！　ああ、恐ろしい！」

自分で言いながらぶるりと身震いする。

何が言いたいのかよく分からない玲琳は首をひねる。

「それで終わりじゃありません。その事件があってから、都中の夫婦が次々に離縁しているという話ですよ。いえいえ、それどころか結婚の決まっていた婚約者同士や、恋人たちまで次々に別れているってもっぱらの噂なんですからね！　つまり何が言いたいかというと、夫を殺したその妻は、お妃様の未来の姿だということです。もしかしたらお妃様も、王様に別れを切り出されるかもしれないということです！」

葉歌は力を込めて締めくくった。しかし玲琳は別のことに意識が向いた。

「不思議ね、別れ話が急増なんて……何故？」

「猟奇的な話というのは伝染するものなんです。お妃様だっていつそうなるか分からないんですからね！」

力説されて、玲琳は難しい顔になった。

別れ話自体は猟奇的でも何でもあるまい。ただ、不自然な出来事には裏がある――

玲琳は昔からそう教わってきた。それゆえ、この話が酷く気になった。

「人が不自然なほど同じ行動をとる裏には、不思議な力が働いていることがあるわ」

玲琳が呟いた途端、葉歌がぎくりとした。

「お妃様……変なこと考えてません？」

「私はいつでもまともよ」

「いや！　あなた大概変なんで！」

悲鳴のような葉歌の声を無視して玲琳は続ける。

「ねえ、都中の夫婦や恋人たちが一斉に別れるなんて、まるで……何かに操られているみたいね」

「し、知りませんよ。神様とかじゃないんですか？　運命ですよ、運命！」

葉歌は早口で言い、話を打ち切ろうとする。

「下々の者のことなんてどうでもいいんです！　とにかくお妃様、王様の心がいつ離れていってもおかしくないという危機感を持ってください！　側室なんてもっての外ですからね！」

ぜーはー息をしながら葉歌はそう締めくくった。

「肝に銘じておきましょう。少し休憩してくるわ」

玲琳が適当に応じて部屋へ戻ろうとすると、葉歌はむむっと眉を寄せた。

「また今日もお出かけですか？」

「ええ、お前は来なくていいわよ」

ひらりと手を振って部屋に戻り、そこに用意されていた饅頭《まんじゅう》をいくつかとって袂《たもと》に入れる。そうしてまた外へ出ると、広い庭園を歩いて行った。


魁国の後宮の最奥に位置する離れの宮には、夕蓮という一人の女が幽閉されている。

先代国王の妃であり、鍠牙の生みの母である。

表向きは心の病ゆえと言われているが、本当の目的は罪人を隔離すること。

そう――夕蓮という女は罪人である。

実の息子である鍠牙に、幼少期毒を飲ませて蠱病にし、鍠牙の許嫁であった女性を殺害し、嫁いできた玲琳に毒を盛り、暗殺しようとし、斎帝国との会談の場で鍠牙に毒を盛った。

様々な罪を犯したその女を、しかし正当に裁く方法はない。彼女が罪に手を染めた、その証拠がどこにもないからだ。

それゆえ鍠牙は、母を離れに幽閉したのである。みな夕蓮を病人と信じており、彼女が犯罪者だと知るものは僅かだ。

その夕蓮のもとへ、玲琳は毎日通っている。

玲琳にとっての夕蓮は、義理の母親——という以前に、初めてできた友人であり、生まれて初めて出会った敵でもあった。彼女は蠱師でもないのに玲琳の縄張りで蠱を使ったのだ。敵と認定するにも、愛ほど執着するにも十分すぎた。

広い庭園をかなりの距離歩き、たどり着いたのは簡素な木造の建物である。後宮の建物とつながる渡り廊下はない。離れの入り口には衛士《えいし》がいた。見覚えのあるその衛士は、かつて夕蓮の毒で娘を失った男だった。

「お妃様、何度も申し上げますが、中に入ることはかないません」

「ええ、分かっているわ。入れろとは言わないわよ。ただ、私の邪魔をしないでくれればいいの」

そう言って、玲琳は離れの裏手に回る。そこに、大きな格子窓があった。その窓の下——壁に背を預けて座ると、中からカタンと音がして格子の隙間から顔がのぞいた。

「いらっしゃい、玲琳」

ふんわりとした愛らしい声が頭上から降り注ぐ。首を巡らせて声の主を見上げる。

その女を、玲琳は知っていた。鍠牙の母にして魁国の王太后《おうたいごう》・夕蓮。

ぞっとするような……人間離れした美しさを持つ女だ。不気味なほどの透明感。仙女かあやかしにも似て現実味がない。四十という年齢は笑い話にしかなるまい。

あどけない十代の少女のようでもあり、成熟した三十代の女のようでもある。

常識の埒外《らちがい》にある美しさの女だった。

「今日も来てくれたのね。嬉しい」

花のような微笑《ほほえ》みで、宝石のような瞳で、玲琳を見つめる。窓から白く細い手が伸びた。玲琳は差し出された指の先に軽く触れる。夕蓮は嬉しそうに微笑んだ。

「私、毎日退屈なのよ。ここへ閉じ込められてからますます退屈だわ。この世はどうしてこんなに退屈なのかしら。だからね、あなたが来てくれて本当に嬉しいの。玲琳がいる時は、少しだけ退屈が遠のくんだもの」

玲琳は袂の饅頭をぽいと放った。夕蓮は危なっかしい手つきでそれを受け取る。

「くれるの？」

「お前は咎人《とがにん》で化け物だけど……私の友人だからね」

「ふふ、嬉しい。やっぱりあなたが好きよ、玲琳」

艶《つや》めく牡丹《ぼたん》のように頬を染めて夕蓮は言った。

「あなたがここへ来ること、あの子は嫌がっていない？」

夕蓮があの子というのは、息子である鍠牙のことだ。

「そうね、とても嫌がっているわ。でも、私が行きたい場所へ行き、会いたい人間に会うのは私の自由だわ。妨げられるのはお姉様だけよ」

玲琳は地面に腰かけたまま、袂からもう一つ饅頭を出して頰張《ほおば》った。

夕蓮は窓の外を覗きながら、細い指先で小さく饅頭をちぎり、上品に口へ運ぶ。

「甘いわねえ」

「餡《あん》饅頭だもの」

「ねえ、玲琳」

「何？」

「私を殺してもいいのよ？」

温かいお茶をどうぞ――とでも言うように、夕蓮は言った。

玲琳はしばし饅頭を食べる手を止め、頭上の夕蓮を見上げた。

無邪気で愛らしい微笑みが玲琳を見下ろしている。

「私に殺されたいのなら、それに値する人間になることよ」

玲琳は饅頭の最後の一口を頰張った。夕蓮は頰を膨らませる。

「私のこと嫌い？」

「好きよ」

それは完全に本心であった。玲琳は今でも変わらず夕蓮が好きだったし、愛に等しいほどの感情を抱いていた。少し手のひらを返してしまえば、たちまち憎悪に変わるほどの深い愛。生まれて初めて叩き伏せて跪《ひざまず》かせたいと感じた、友人であり敵。

「私は今でもお前が好きよ」

「小さかった鍠牙に毒を飲ませたのに？　そのせいで息子を……鍠牙の弟を死なせてしまったのに？　嫁いできたあなたにも毒を飲ませたのに？　国中の人を病気にさせたのに？　せっかくお姉様と再会できた会談を壊してしまったのに？　他にも色々あるわ。それでも私が好きなの？」

夕蓮はつぶらな瞳で己の罪を一つ一つ語る。一瞬、玲琳は違和感を覚えた。しかしそれが何に対する違和感なのか分からず、淡々と彼女の問いにだけ答えた。

「お前が咎人であることと、私がお前に向ける感情に因果関係はないもの」

「……玲琳はおかしな人ね」

「お前がおかしな人間だからそう感じるだけであって、私はおかしな人間じゃないわ。ごく普通の蠱師よ」

玲琳はムッとして反駁《はんばく》する。

いくら変わり者とか言われるのに慣れているといっても、こんなけったいな女におかしな人と言われる筋合いはないと思うのである。

「私を好きだなんて言ってると、あの子がヤキモチを焼いちゃうわね」

夕蓮はその様子を想像してか、くすくすと楽しそうに笑う。

「あの男は妬《や》いたりしないわ。私の心はいらないそうだからね」

鍠牙はいつもそう言う。玲琳の心はいらないと言う。傍にいてくれれば、共に眠ってくれれば、心などいらないのだと。

「だから私も、お前の息子が側室を迎えたところで特に憤ったりはしないわ」

「え？　あら、鍠牙は側室を迎えたの？」

「近いうちにそうなるようよ」

「まあ……そう。いったい誰が？」

「姜家の姫よ」

「まああまあ……」

夕蓮は目を真ん丸くして口を押さえている。

「いったい誰かしら？　私の知ってる子かしら？　おかしな話ねえ……明明が死んでから、あの子はずっと妃を迎えようとしなかったのに、正妃を迎えたかと思ったら、すぐに側室を？」

玲琳はじろりと彼女を睨み上げた。

「お前、愚かなことを考えるものじゃないわよ。明明とかいう姫のように、殺そうなんて考えない方がいいわ」

「うふふ、何のことかしら？」

いたずらに笑う夕蓮を、玲琳は眼光鋭く睨み続け、ふと思った。

「ねえ、お前は何故明明を殺したの？」

「何故ってどういうこと？」

「だってお前は、興味のない人間をいたぶったりしないでしょう？　お前の行動はいつも、愛情と比例しているわ」

不特定多数を平気で攻撃することもあるから、実のところ夕蓮は他人の命に深い関心がないのかもしれない。ただ、相手を意図的にいたぶろうとする時、そこには愛があるはずだと玲琳は思っていた。

「お前が嬲《なぶ》るのは、いつもお前が愛している人間だわ。お前が明明を殺したのなら、お前はきっと、明明をとても気に入っていたのじゃない？」

問うと、夕蓮は驚いたように目をぱちくりとさせた。

「玲琳って……ふふ、私のこと、よく分かってるのね」

嬉しそうに微笑む。

「ええ、私ね、明明がとっても可愛かったわ。あの子といる時、私はいつも退屈しなかった。お気に入りだったの」

やっぱりそうだったのかと思い、少しだけすっきりした気持ちになる。

「この退屈でつまらない世界も、好きな人がいれば少しだけ色がつくわ」

夕蓮は歌うように語る。

「玲琳は？　人を好きになるって素敵だと思わない？」

「好きな人間はたくさんいるわよ」

「鍠牙のことは？」

「好きよ」

「それは恋？」

「違うわ」

「違うの？　本当に？」

夕蓮は窓から手を伸ばし、玲琳の髪をさらりと梳《くしけず》った。

玲琳は眉をひそめてしばし考える。

「恋というものは才能のある人間だけに許された行為であって、私のような能力のない人間にできるものではないのよ。世の人々はもっと自覚すべきだわ。自分が誰かに恋い焦がれるなんて、それこそ奇跡に等しいのだってことを」

「恋って奇跡なの？」

「恋とは奇跡よ」

「そうなの……ふふ、やっぱり素敵ね」

夕蓮はうっとりと息をついた。そんな彼女を見やり、玲琳は唐突に聞いた。

「ねえ、夕蓮。近頃都で離縁する夫婦が続出していると聞いたわ。お前、どう思う？」

夕蓮は目をぱちくりさせ、笑みの形にした。

「悲しいお話ね。もしかして、あなたは私が何かをしたと思っているの？　うふふ、無理だわ。私にはもう何の力もないもの。私の願いを叶《かな》えてくれる猫たちは、あなたが盗《と》ってしまったでしょう？　無力になった今の私に、何ができるっていうの？」

悲しげに微笑む。見た者が手を差し伸べずにはおれない儚《はかな》げな微笑みだ。

「そう、お気の毒ね」

玲琳は無論ほだされることなくあっさり返した。

「気の毒だと思うなら、私の可愛い猫たちを返して？　退屈で退屈で仕方がないのよ」

「お前みたいな化け物に、凶器を渡す馬鹿はいないわ」

さすがに玲琳は呆れた。

夕蓮は蠱師の修業などしていない。蠱術の使い方などまるで知らない。彼女は蠱師ではない。それなのに愛情一つで猫鬼《びょうき》を飼いならした怪物である。この世のどんな生き物にも愛される、真正の怪物。

「誰でもお前に頼まれれば、望みを叶えたくなるでしょうね。だから私もお前の望みを叶えてあげる。何一つ言うことを聞かず、お前に逆らう私の方が、従順な私よりずっと楽しいでしょう？　だから私はお前の言うことを何一つ聞かないわ。お前が私を好きなように、私もお前が大好きだからね」

にやりと玲琳は笑う。

「玲琳ってばひどい」

怪物はぷうっと頰を膨らませ、格子窓をぱしぱしと叩いた。何度も何度も叩き、急にあっと声をあげて手をひっこめる。

「切っちゃったわ」

悲しそうな声でまた手を差し出してきた。白い指先が格子窓の角で切れたらしく、血が滲《にじ》んでいる。

「図星を指されたくらいで拗《す》ねるから、こういうことになるのよ」

玲琳は夕蓮の手を取り、彼女の傷を舐《な》めた。

鉄臭い血の中に、どす黒い毒の匂いを感じる。女にのみ現れるという蠱師の血。夕蓮は蠱師ではないが、確かに蠱師の血を宿していた。彼女の血脈の遠い昔に、蠱師の血が入っているのだろう。そういう者はいくらでもいるし、たいていは自分の血を知ることなく死んでゆく。

しかし夕蓮は己の力に気づき、蠱を飼いならした。この女が本気で蠱師の修業をしたら、どれほど恐ろしい蠱師となることか。

けれど——と、玲琳は考える。化け物ではなくなった夕蓮は、きっとつまらないだろうなと思うのだ。玲琳が叩き伏せたいと欲したのは、優秀な蠱師ではなく化け物の彼女なのだから。

「玲琳ってば猫みたい」

手を舐められた夕蓮は、くすぐったそうに笑った。

「猫よりずっと危険な生き物よ。蠱師というのは——きゃっ！」

挑発するように言ったところで、玲琳は突然背後から担ぎ上げられた。一瞬世界が回転し、落ち着いて周りを見ると、鍠牙に粉袋よろしく担がれている。そして背後には、利汪が控えていた。

「ここへ来るなと何度言えば分かるんだ」

咎める鍠牙を見て、夕蓮が窓から手を伸ばした。

「まあ、あなたも来てくれたのね。嬉しいわ、鍠牙。ねえ、ずっとここにいると退屈なの。玲琳を連れていっちゃ嫌よ。どうしても連れていくなら、私も一緒に連れていってちょうだい」

乞われた鍠牙はにこりと笑みを返した。

「無理だな。あなたは病だ。治るまで外へ出せない」

「ダメ？　どうしたら治ったと言ってもらえるの？」

　夕蓮はねだるように聞く。

「利汪が治ったと言ったら、外へ出してもいい」

　鎗牙は笑みのまま冷ややかに答え、背後の利汪に目をやる。利汪はこの離れの番人だ。咎人である夕蓮を外界と遮断するための看守だ。彼の妹であり鎗牙の許嫁であった明明は、かつて夕蓮に殺されている。夕蓮を誰より憎む利汪は、夕蓮を決して外へ出すまい。夕蓮が死ぬまで、彼女の病が治ることはないのだ。

「ねえ、利汪。私を出して」

「出来かねます。夕蓮様のご病気は治っておりません」

　利汪はきっぱりと答えた。かすかに怒りの気配がこもる。

「嫌だわ、利汪。どうしてそんなに怒ってるの？　私あなたに何かした？　私はあなたのことも明明のことも、昔からずっと可愛がってきたでしょ？　二人が子供だった頃、絵巻物を読んであげたこともあったわね？　また昔みたいに仲良くしたいわ」

　夕蓮が悲しそうに眉を下げてそう言った。その瞬間、利汪の無表情が一変し、憤怒の形相になった。玲琳がぎょっとする前で、彼は格子窓につかみかかる。口を開いて何か怒鳴りかけ――しかし突如脱力し、何も言うことなく手を離した。

「どうしたの？　何を怒ってるのか分からないわ」

窓の向こうから利汪を見つめ、夕蓮はつぶらな瞳でささやきかける。

利汪は血が出るほどにきつく握った拳を震わせた。

「……………どうか、ここでゆっくりと病を治されますように」

血を吐くような声でそう言い、踵を返す。

鍠牙も玲琳を担いだまま、無言で歩き出した。

「またね、玲琳」

窓から出た白い手が、ゆらゆらと絹の手巾《しゅきん》のように動いた。

「ええ、また明日」

玲琳は担がれたまま答えた。


「下ろしてくれないかしら」

担がれて庭園を運ばれながら玲琳は訴えた。助けを求めようと辺りを見回すも、利汪の姿はすでになく、玲琳は鍠牙に抱えられて二人きりだった。

「放したら、また勝手にどこかへ行ってしまうだろ。あまり勝手をすると鎖で繋いでしまうぞ」

鍠牙の答えはいつもとさほど変わらぬものだったが、何故かいつもと違う気配を孕《はら》んでいるような気がして、玲琳は少しだけ後ろを——鍠牙の頭がある方を向いた。黒い毛玉が見えるだけで、その中に閉じ込められた感情は分からない。

「私が夕蓮と関わるのは気に入らない？」

そう問いかけても、鍠牙は答えない。

「それなら、何故あの時夕蓮を殺さなかったの？」

玲琳は更に問うた。あの夜——夕蓮を断罪した月の夜、彼には夕蓮を殺すことができた。感情のまま一歩踏み出してしまえば、彼は母親の呪縛から解放されただろう。しかし鍠牙は夕蓮を殺さなかった。

「あなたは俺があの女を殺すことを望むのか？」

聞かれて玲琳は夕蓮の顔を頭に思い浮かべた。

春の陽だまりのような温かい微笑みのまま、凍てつく吹雪のような冷たい心で、平然と罪を重ねる、あの美しく恐ろしく愛おしい化け物のことを。

「……私はあれが気に入っているわ。初めてできた友人で、一番お気に入りの獲物だからね。だけど、お前が夕蓮を殺しても、私は許すわ」

「そうか……あなたはそうだろうな。だが、俺は自分を許さない」

鍠牙は低い声で断じた。

「あの女は罪を犯した。それでも、正しいやり方に反してあの女を殺したりはしない」

頑として言われ、玲琳は呆れた。

「お前は愚かしいほど自分を律するね」

「ああ、許嫁を殺されて復讐《ふくしゅう》もしない、薄情な男だ」

「……本当ね。許嫁の死を悲しみもしない。お前は薄情な男なのね——と、言われたいの？」

玲琳はぐいっと体を起こして聞いた。重心が変わり、肩に担がれていた玲琳は足から滑り落ちかける。鍠牙が途中で抱き留め、玲琳は鍠牙の腕に幼子のごとく抱っこされる格好になった。

真正面に鍠牙の怪訝な顔がある。玲琳は鼻がくっつくほど近くで彼の目を見た。

「へえ……そう。お前、許嫁を殺されたことがそんなに辛かったのね。詰《なじ》られたいと思うくらいに。お前、許嫁を愛していたのね」

するとと鍠牙はいささか面白くなさそうな顔つきに変わった。

「……肯定しがたいものがあるな」

「何故？　愛しているなら愛していると言えばいい。私は言うわ。私はこの世の誰よりも、お姉様を愛してる」

鍠牙はますます面白くなさそうな顔になった。

「俺にあてがわれる女はどうして誰も彼も……」

鼻を鳴らしてぼやく。後に続く言葉は何なのだろうかと、玲琳は気になった。

「明明というのはどんな女だったの？」

「聞いてどうする」

「言いたくなければいいわ」

玲琳があっさり引こうとすると、鍠牙は仏頂面で口を開く。

「……最初に会った子供の時、明明は俺を蹴飛ばしてこう言った。『私と戦いなさい。負けたらあなたは私の子分だ』とな」

「奇矯な女ね」

「あなたが言うのか」

「私は奇矯ではないからね」

「そうか」

「他には？」

「他には……明明は男勝りで、本当は男に生まれたかったんだとよく言っていたな。俺よりはよほど強くて逞《たくま》しかったよ。ただ、好奇心が強くて時々おかしなことにはまることがあった。占星術にはまっていたこともあったな」

「奇天烈《きてれつ》な女ね」

「あなたが言うのか」

「私は奇天烈ではないからね」

「そうか」

「それで、お前はそういう奇矯で奇天烈な明明の子分になったの？」

　鍠牙は何かを思い出すような遠い目になった。

「……ああ、あっさり負けたよ。明明は年上だったし、剣も乗馬も上手かったからな。俺は彼女の子分だった。『あなたは私の子分だから、私がずっと守ってあげる』……明明はいつもそう言っていた」

「そう……そんな女が死んだのなら、お前は辛かったでしょうね」

「辛かった？　いや……辛いとか悲しいとか感じた記憶はないな」

　不意に鍠牙の瞳が陰った。玲琳を抱きかかえる腕に力がこもる。

「明明が死んだと知らされて、俺は酷く腹を立てたような気がする。嘘を吐かれた。置いて行かれた。そんな風に思った気がする。それから一人で……部屋に閉じこもって……気が付いたら、部屋がぐしゃぐしゃに壊れていたから……俺は暴れたのかもしれないな。それもよく覚えていないが……」

　語尾が消え、鍠牙は口を閉ざした。

「やっぱり、お前は許嫁を愛していたのね」

「……さあな」

そこでふと、玲琳の中に疑問がわいた。

「ねえ、夕蓮は明明を、日常的にいたぶっていたの？」

鍠牙は怪訝な顔をしつつかぶりを振った。

「いいや、むしろ可愛がっていたはずだ」

「そうよね……ならどうして、夕蓮は明明をあっさり殺したのかしら？」

白い紙にぽつりと落とした墨のような違和感。

「夕蓮は明明を気に入っていたのに……」

「だからだろう。あの女は気に入った人間を攻撃する」

確かにそうだ。ついさっき、玲琳は当の夕蓮に同じことを言った。夕蓮が明明を殺したのは、明明を気に入っていたからだと指摘した。けれど本当にそうだろうか？

「すぐに殺してしまっては、もう遊べなくなるわ。夕蓮は気に入った相手程時間をかけて嬲る女のはず。お前はそれを誰より知っているでしょう？　お前はあの女に、深く愛されているのだから」

その言葉に鍠牙は眉間のしわを深めた。この言葉が鍠牙を怒らせることは分かっていた。いや、正しく言うなら、鍠牙を傷つけることは分かっていた。それを承知で玲琳は言った。言葉にしてみれば不可解さがさらに深まる。

夕蓮の手で誰よりも長く苦しめられたのは鍠牙だろう。夕蓮は息子を愛している。

だから長々と苦しめた。逆にさほど関心のない相手は、あっさりと殺してしまう。以前彼女が蠱病を流行《はや》らせた時も、玲琳が薬を作らねば多くの人間が死んでいたことだろう。

本当は明明をそれほど気に入っていなかった？　いや、お気に入りだったとさっき確かに聞いた。それが本当なら、明明だってもっと長く苦しめられたはずだ。夕蓮はお気に入りのおもちゃをそう簡単に手放すような女ではない。ならば何故、明明はあっさり殺されたのだろう？

「何か……すぐに殺さなければならない理由があったのかしら？」

「殺さなければならない理由？　どういうことだ？」

「分からないから聞いているのよ」

そこで二人は黙り込んだ。玲琳は鍠牙に抱っこされたまま唸《うな》るように考える。

「どちらにしても、新しい側室を迎えることに問題はないわ。夕蓮の武器は私が奪ったのだから、お前の側室が傷つけられることはないはずよ。安心して側室を迎えなさい。何があっても私が守るわ。私は毒より強い蠱師だからね」

安心させるようにそう言った。すると鍠牙はしばらく黙り込んだ末、

「分かった。姫がそこまで言うなら、側室の件は前向きに考えよう」

諦めたようにそう言った。

その夜のことである。

鍠牙の部屋で共に食事を終え、いつもの解蠱薬を飲ませ、当たり前のように一つの寝台へ入ろうとしたところで、彼は突然言った。

「これからは、姫と共に眠るのは控えることにしよう」

突然の提案に玲琳は目を真ん丸くして凍り付いた。

「何故？」

「今のままでは側室を迎えるのに不都合だろう？」

それは思ってもいなかったことだった。

「そんなの……ダメよ！　お前、私なしでは眠れないじゃないの！」

襟首を摑《つか》まえて詰め寄る。が、鍠牙は軽く笑った。

「眠らなければいいんじゃないか？」

平然と言われて玲琳は絶句する。

実際玲琳が嫁ぐまで、鍠牙はまともに眠らなかったという。苦しみ、夢うつつに目を閉じ、すぐに目が覚め、苦痛に苛まれ、意識を失って、また目が覚め……十年間、そうやって過ごしてきたのだと。

「そんなことを続けたら体を壊すわ。お前は私の患者なのよ。お前の体を管理するのは私の役目。勝手な真似《まね》は許さないわ」

怖い顔をする玲琳に、鍠牙は優しく笑いかけた。

「なあ、姫よ。俺は姫が可愛い。姫が望むならなんでも叶えてやりたいわけだ。側室を望んだのはあなたの方だろう？　間違えるなよ、望んだのは俺じゃない。だから俺は、姫の望みを叶えてやろうと言ってるんだ。俺にとっては側室を迎えるなど苦痛でしかない。だが、姫のためならそれに耐えよう。だからあなたとはもう寝ないことにする。側室を迎えたら、姫とだけ寝るわけにはいかんだろうからな」

確かに側室を迎えるなら、毎晩玲琳と共に眠るわけにはいくまい。自分が取り返しのつかないことを言ってしまったような気がした。

しかし姜大臣への言葉を撤回するつもりはなかった。姉を理解し称賛した姜大臣を支持すると、玲琳は確かに言った。それを撤回することは姉を蔑《ないがし》ろにすることだ。

ぐうっと玲琳は黙り込んだ。それを見て、鍠牙はうっすら笑った。

「あなたが今何を考えているか、当ててあげようか？」

揶揄《やゆ》するように言われるが、玲琳は言葉を返せない。

「さあ、出て行ってくれ」

答えられない玲琳を、鍠牙は無理やり抱き上げて、部屋の外へぽいっと投げた。それは本当に投げるような仕草で、玲琳は床に落ち尻を強《したた》かに打つ。

粗末な扱いをされたことに憤り、文句を言おうと立ち上がったところで扉を閉められた。扉は固く閉ざされて開かない。

「開けなさい！」

怒鳴るが、返事がなかった。玲琳はぎりと歯噛みし、彼の部屋へ背を向けた。

自室へ戻ると、女官の葉歌が絶望的な顔でへたり込んでいた。彼女はしばしば玲琳と鍠牙の閨を覗き、それを斎の女帝に伝えるという意味不明な行動をとる。玲琳が鍠牙に同衾《どうきん》を拒まれた場面を見ていたらしく、葉歌は打ちひしがれていた。

「ああああああ……やっぱり側室が来るとなったら、お妃様みたいに不気味な姫とは寝られないというんですね……！」

ダンダンと床を拳で叩いている。とても失礼である。

「どうせすぐに音《ね》を上げるわ。お前が気にすることではないわよ」

玲琳はそう言って、素早く自分の寝台に滑り込んだ。そこで眠るのはずいぶんと久しぶりのことだった。

しかし深夜――玲琳は眠ることができぬまま起き上がった。

「どうしました？　お妃様」

気配を感じたか、葉歌が心配そうに部屋へ入ってきた。

「あの男は眠れていると思う？」

玲琳はジト目で葉歌を睨んだ。

「王様ですか？　そんなこと言って、お妃様こそ眠れてないじゃないですか」

暗がりで見えないが、葉歌はいつもの呆れ顔をしているに違いない。

「ええ、そうよ。眠れるわけがないわ。だってあの男が眠れていないのが分かるんだもの。患者が眠れないのに蠱師の私が眠るわけにはいかないわよ。それなのに、私を呼びに来ないなんて愚かとしか言いようがない」

「放っておけばいいじゃないですか。あんな浮気男。側室との夜を過ごすために、お妃様を追い出すような男ですよ」

葉歌の声が嫌味っぽくなる。しかし玲琳は暗闇でかぶりを振った。

「そんなことはどうでもいいのよ。側室など百人いたところで何の問題もないわ。好きなだけ侍《はべ》らせればいい。問題は、あの男が私を拒んだということよ」

彼は玲琳の薬を飲んでいるから、蠱病の痛みからは解放されているはずだ。それでも玲琳は納得いかない。

「あの男が私と一緒に眠りたがらないのはおかしいもの」

「ええ？　何ですか、その自信」

葉歌は寝台の傍から離れ、手燭《てしょく》に火を入れようとした。

「自信ではなく、ただの事実だわ。だって……」

理由を考えれば、答えはすぐに出てきた。

「だってあの男は、私の体が好きだもの」

断言する。途端、葉歌は火を灯《とも》した手燭を落とした。ぎゃっと悲鳴を上げる。

「大丈夫？」

「な、な、何言ってるんですか」

再び暗闇と化した部屋に、狼狽《うろた》えた葉歌の声が響いた。

しかし玲琳は確信していた。

鍠牙は玲琳に執着している。妄執といってもいい。心などいらないと彼は言うが、その一方で彼は玲琳の体を必要としている。玲琳の肉体や時間を独占したがっている。

それは絶対だと玲琳は確信している。

「あの男はもう、私の体なしで夜を過ごすことなどできないはずよ」

暗がりで玲琳は拳を握った。

「それなのに、私なしで眠ろうなんて……私、馬鹿は嫌いよ」

舌打ちしそうになる。何の確信を持っていたところで、鍠牙が求めなければ玲琳は彼と眠ることはできない。追い払われてしまえばどうにもできない。

玲琳は、側室を迎えることと、鍠牙と一緒に眠ることが、両立しえないなどと考えたことはなかったのだ。馬鹿は自分の方じゃないのかと、心中で己を詰る。

「……そこまで言うのでしたら、嫁ぐときに私が用意した書物の内容をそろそろ実践してくださいません？　少なくとも側室がやってくる前には」

葉歌は呆れ果てたように呟いた。彼女が用意した書物というのは、夜の作法が事細かに書かれた斎の姫君必読の一冊である。玲琳も確かに読んだが、それが役立ったことは未《いま》だにない。

葉歌は頻繁にそのことを言う。彼女は魁の王妃となった玲琳が王に愛され、子をなし、王妃として盤石の地位を築き、幸せに暮らすことを望んでいるのだろう。

「思い切っていやらしいことに挑戦してみるのは勇気だと思うんですよ！」

葉歌は更に力説した。彼女は純情乙女だが、無駄に俗っぽいところがある。

「それはあの男に言ってほしいわ。私は興味がないもの」

「ええ……？　興味ないとか意味が分からないんですけど……。もちろんお分かりだと思いますが、お妃様と王様は医者と患者じゃないんですよ」

「そうね、蠱師と患者だわ」

「違うって言ってるでしょ！」

暗がりの中で葉歌はくわっと怒鳴った。

「あなた方は夫婦です！　恋をして、愛し合って、幸せになるのが普通なんです！

姫様、私はあなたが幸せになれないのなら、あなたを斎へ連れて帰りますよ！」

　今まで幾度も口にしたことと同じようなことを、葉歌はこの夜も言った。いつもと同じような言葉だったはずなのに、この日の玲琳は何故か不思議に思った。

「……ねえ、葉歌。私は恋をしなければならないの？」

　それは純粋な問いかけだった。

　恋というものが、玲琳は本当に分からない。その能力が自分にはないと思っている。自分の無能さを、しかし卑下しているわけではない。その代わり、玲琳は違う能力を授かった。

　蠱師の力はその証《あかし》だ。蠱師だった母のもとに生まれたとて、その能力を必ずしも授かるわけではないのだから。

　玲琳は幸運だった。だからそれ以上を求めない。

　葉歌は今度こそ絶句した。言葉を尽くしても、玲琳に何一つ伝わらなかったと絶望しているのかもしれない。

　葉歌はこんなにも玲琳を想《おも》ってくれているのに……その想いが玲琳には分かるのに……玲琳もこの可愛い女官に何か返したいと思っているのに……葉歌が望むことは何一つ、叶えてやれないのだ。李玲琳という女は――

「お前が好きよ。思い通りになってやれない私は悪い主ね」

暗闇の中で玲琳は小さく笑った。玲琳には葉歌の顔が見えなかったが、目の良い彼女には玲琳の顔が見えていたかもしれない。小さく笑声を返してきた。

「姫様は……出会った時からそういう人だったじゃないですか」

傍らに葉歌がしゃがみこむ音がする。

「分かりました。だけど姫様、私は姫様が傷つくようなことがあったら、あなたの意向を無視してでもあなたをお守りしますからね。それだけは覚えておいてください」

「分かったわ」

「それじゃあおやすみなさい」

最後に優しい声でそう告げると、葉歌は部屋から出て行った。

玲琳は一人になった部屋で再び横になる。興奮していた感情がいつの間にやら凪《な》いでいた。しばらくすると睡魔が訪れ、玲琳はようやく眠りについた。

第二章

それからというもの、鍠牙は毎晩玲琳との同衾を拒んだ。

そうして十日が経ち、とうとうその日がやってきた。

「お妃様！　敵が参りましたよ！」

玲琳は葉歌の怒声で毒草園から室内へ呼び戻された。

「側室候補の姜家の姫が後宮へ上がってきたそうです。挨拶したいのですって」

葉歌は面白くなさそうに玲琳を着替えさせた。

あれ以来、葉歌は玲琳に側室のことで何か言うことはなかったのだが、やはり心中穏やかではなかったらしい。顔が酷く険しかった。

「わざわざ着替えずとも、さっきの服でよかったのじゃない？」

玲琳は己《おのれ》の衣装を見下ろす。

「いーえ、いけません。いいですか、お妃様。舐められたら終わりですよ。あなたこそがこの後宮の主なのだと、見せつけてやらなくては。相手は大臣の娘だということですけどね、あなたは大陸にその名を轟《とどろ》かす斎の皇女。この大陸にあなたほど高貴な血筋の姫は他にいませんわ。何よりあなたは黙っていれば美人です。黙ってさえいればね。だからもうずっと黙っててくださいよ。その美貌と高貴な血筋で、敵を圧倒してやらなくては！」

怖い顔で詰め寄られ、呆れた。

「そもそも私の母は蠱師なのだから、高貴な生まれではないわ」

「関係ありませんよ。魁では母親の身分にこだわらないそうですからね。あなたが斎の皇帝の血を引いているのは確かですもの」

そう言われたところで、身分の上下に関心がない玲琳にとってはどうでもいいことのように思うのだった。

皇帝の血を引いていることは、玲琳にとって単なる幸運の産物であり、何不自由なく暮らし、学んでこられたことに感謝はしているけれど、己の価値を高める要素にはならない。それよりは、蠱師である母の血を引いていることの方がよほど誇らしかった。この世で最も愛する人は姉だが、最も敬う人は母だ。

「さあ、大臣の娘とやらに会いに行こうじゃないですか」

玲琳の髪を結い終えた葉歌が鼻息荒く言う。

鏡に映してみれば、長い黒髪はいつもより格段に凝った結い方をされていた。普段は着けていない豪奢《ごうしゃ》な髪飾りがいくつも装着されていて、やや頭が重い。着ているものも、斎から持ってきた一張羅《いっちょうら》だ。鮮やかな刺繍《ししゅう》がこれでもかと施されている。

「ここまでする必要あるのかしら」

「もちろんあります。言っときますけどね、自分が蠱師だとか言っちゃいけませんよ？　危ない女だと思われて馬鹿にされますからね。ただでさえあなた、色々ヤバい姫なんですから」

「言われるまでもなく私は危ない女よ。だけど初対面の人間に馬鹿にされる覚えはないわ。蠱師であることは私の誇りだもの」

「……どっちかというと、王妃であることに誇りを持ってくださいませんか？」

凜《りん》として宣言した玲琳と対照的に、葉歌はげんなりと言った。

「ああもう……こんな調子じゃ、側室候補とやらに負けてしまううううう……」

嘆きながら、彼女は玲琳を部屋から連れ出したのだった。

葉歌に先導され、後宮の一室に向かう。姜家の娘が、そこで待っているという。

衛士が立っている部屋の扉が開かれ、玲琳は中へ入る。続いて心配そうな顔をしている葉歌が。

広く明るい部屋の中には、数人の人間が待っていた。

五名ほどの女が床に跪《ひざまず》いている。そして窓際に一人、礼をとらず佇《たたず》んでいる者がいた。興味深そうに窓の外をきょろきょろと眺めている。側室候補――ではない。それは男だった。跪く女たちより、玲琳はその男に目を引かれた。

ずいぶんと目立つ男だ。異国風の派手な衣装を身にまとい、長い布を頭に巻いて、一つに縛った長い髪を布の裾から垂らしている。

すらりと細い体つきで、顔立ちは整っており、どちらかと言えば中性的な美男子。

男は玲琳の方へゆっくり振り向き、にこやかに微笑んだ。

「王妃の玲琳様です。お控えなさい」

葉歌が命じた。しかし男はそれに従わず、玲琳に近づいてくる。

「そこのお前はいったい何者です？　側室候補の姫君が連れてきた従者ですか？」

葉歌は厳しい声で問い質《ただ》した。

主の敵に与《くみ》する者――という思いが敵対心を生んでいるのかもしれない。

攻撃的な感情を向けられても、男は怯《ひる》むことなく大股で玲琳へ近づいてくると、唐突に玲琳の手をとった。

「お妃様……何という美しいお方だ……！」

熱っぽい目で見つめられ、玲琳はぽかんとした。

斎の皇女李玲琳は、その血筋にたがわぬ美しい姫君である。が、特殊な生まれと異質な性質のため、男にこのようなことを言われたことはただの一度もなかった。故に玲琳はたいへん驚いた。

そして傍らの葉歌も、突飛な言葉に愕然《がくぜん》と顎を落とした。

「あ、あなた……確かにお妃様はお美しい方ですが、中身はいささか……いえ、かなり問題のある方ですよ！　正気ですか!?」

側室候補に馬鹿にされることを危惧しておきながらこの言い草。あまりに酷いのではないかと玲琳は思う。

「天女が地上に舞い降りたのかと思いました。どうぞこの美しい手に触れることをお許しください」

男は葉歌にかまわず玲琳の手を握ったまま膝をついた。

「お前は何者？」

玲琳は小首をかしげて男を見下ろす。

男は玲琳から手を放し、片手を胸に当てて頭を下げた。

「申し遅れました。私は占星術師の星深《せいしん》と申します」

「占星術師？」

玲琳はぱしぱしと目をしばたたく。

「はい、各国を渡り歩き、多くの貴人に仕えてきた占星術師です。今は姜家の姫君にお仕えしております」

そういえば、斎にいた頃も姉たちが高名な占星術師を時折後宮へ呼んで、様々なことを占わせていたと聞く。玲琳自身は占いをしてもらったことがないが、高貴な姫たちにとっては良い遊びなのかもしれない。

「姜家の姫というのは……」

玲琳は少し離れてひれ伏している女たちへ視線をやった。

正直、五人いる中のどれが姫なのか、玲琳は一目で見抜くことができなかった。迷っていると、中央に伏していた女が顔を上げた。年の頃は二十前後というところか。玲琳は一瞬、その女を女官かと思った。そのくらい、女には存在感がなく、地味で堅実な衣装を身にまとっていた。しかし顔を上げたということは……

「お前が姜家の娘？」

「姜里里《りり》と申します」

女は淡々と名乗った。その顔立ちも、これまた驚くほど地味である。そして不気味なほどに表情がなかった。感情の抜け落ちた人形のようだと玲琳は思った。もっとも、人形であればもう少し華やかな顔立ちと装いを与えられたことだろう。

彼女の父親を思い出した。あの堅物そうな大臣は、娘に華美な衣装を与えなかったようだ。

「私は李玲琳というわ」

名乗り、玲琳は膝をつく里里の前にしゃがみこんだ。

　里里の周りで未だひれ伏している侍女たちが、ぎょっとしてかすかに顔を上げたのが見えたが、里里だけは眉一つ動かさなかった。

「お久しぶりでございます、お妃様」

「あら、お前に会ったことがあったかしら？」

　玲琳はいつものごとく彼女の顔を覚えていなかった。

「……以前、夕蓮様の茶会にお招きいただいた時、私はその場におりました」

「…………ああ！　あそこにいたの」

　玲琳が毒を飲まされた鍠牙の妹を池に突っ込んで毒を吐かせたあの茶会に、どうやらこの女もいたらしい。

「夕蓮様には幼い頃から可愛がっていただいております。不束者《ふつつかもの》ですが、どうぞご指導くださいませ」

　その挨拶を聞き、玲琳はしゃがんだまま考えこんだ。

「それは難しいわ。私がお前に教えられることがあるとしたら、それは蠱術のことだけよ。私は蠱師だもの。良家の姫が学ぶような礼儀作法や、後宮にふさわしい振る舞いを、私がお前に教えてやることはできないわ」

　実のところ、李玲琳という皇女は、決して礼儀作法を知らぬ姫ではなかった。

最愛の姉彩蘭《さいらん》から、最低限の礼儀作法を学んでおくよう言われたことがある。姉が望むならば、玲琳は礼儀作法でも人殺しの方法でも学ぶのだ。

玲琳は大陸でもっとも洗練された斎の礼儀作法を熟知している。そのように振舞えと姉に命じられれば、玲琳は完璧な皇女としての振る舞いをすることができる。

が、ここは斎ではなく、姉はいない。玲琳が姉のために習得した礼儀作法を使う機会は未だなかった。こんな自分から学べることは何もなかろう。

「私は蠱師だから、蠱師としての振る舞いしかできないわ」

言った途端、背後に控えていた葉歌が呻いた。

「だーかーらー……それは言うなとあれほど……」

そのうち殴られるかもしれないなと思い、玲琳はひやりとした。

しかし、背後で狼狽《ろうばい》している葉歌と対照的に、目の前に跪く里里は、蠱師という言葉を聞いても眉一つ動かさなかった。

「お妃様が蠱師だという話は父から伺っております」

無感情に言う。

「そう、では私から学ぶのは諦めて」

「はい、承知しました」

やはり無感情に、里里はあっさりと応じた。

「……お前……感情が死んでいるの？」

さすがに玲琳は訝《いぶか》った。こんなにも感情の見えない人間は初めてだ。

侍女たちの一人がキッと玲琳を睨んだ。明明の後釜に座り、里里を側室として下に置く。そういう斎の皇女を、この侍女たちは良く思っていないのかもしれない。

なのに主の里里は、怒りもせずかすかに首を傾けた。

「感情が死んでいる……というのは、どういうことでしょうか？」

「お前は何も感じないのかと聞いているのよ」

「……何故、何かを感じる必要があるのですか？」

陶器のような冷たい瞳で淡々と答える。

「感情など、人が生きるには何の必要もありません。毒でしかありません」

その答えに玲琳はぞくりとした。ややあって我知らず笑みがこぼれる。

「ねえ……気が変わったわ。私の蟲を見せてあげましょうか？」

「コとは何ですか？」

「これのことよ」

玲琳は里里と膝を突き合わせたまま、そっと腕を差し出した。その手のひらに、かさかさと音を立てて黒く大きな蜘蛛が這い出てくる。蜘蛛らしからぬ長くけばけばした触角が生えている。

「っ……きゃあああああああ!!」

たちまち絶叫が部屋に響いた。が、それは里里のものではなく、彼女の周囲にいた侍女たちのものであった。全員腰を抜かして飛びのく中、里里だけが微動だにせず、目の前に差し出された蜘蛛を漠然と見ていた。

「私が造った私の蠱よ。可愛いでしょう？」

玲琳はうふふと笑う。里里はしばし無言でそれを見つめ、乾いた声で答えた。

「特に可愛いとは思いませんが」

「では怖い？」

「いえ、特には……。何も思いません。ただ、虫だなと」

玲琳はうずうずと腹の底から湧き上がるように楽しくなってきた。

「この子たちを見て何も思わなかった人間は、お前が初めてよ」

「……何か思わなければいけませんか？」

「いいえ、お前が何を感じるかはお前の自由。何も感じないのならそれが全てだわ。お前はそういう人間なのね」

玲琳はにやにやと楽しげに笑いながらそう納得した。

「大丈夫よ。私、変わった人間には慣れているの。私の周りにはそういう人間が多いのよ。夫からしてそうだわ」

背後の葉歌が「いや、あなたが言いますか？」と呟く。

「陛下は変わった方ですか？」

里里はまた首を傾けて聞いてきた。

「あれは底知れない変わり者よ」

「ご立派な方だと伺っております。父がそのように申しておりました。よくお仕えするようにと命じられています。お妃様とも仲良くするようにと」

玲琳はしゃがんだ膝に軽く頬杖《ほおづえ》をついたまま里里を眺め、にんまりと笑った。

「いいわ、仲良くしましょう。私、お前が気に入ったわ」

それは半ば、一目惚《ひとめぼ》れのような心地だった。


鍠牙は深くため息を吐いた。

側室候補が後宮へ上がる日が来てしまった。

後宮の主は鍠牙ではなく、正妃の玲琳である。玲琳が許してしまえば、側室候補を拒むことはできない。

とはいえ、側室は面倒だが些細な問題だ。適当にあしらっておけばいい。優しくして、大事にして、無関心でいればいい。そんなことは些事《さじ》だ。

問題はもっと別の場所にあるのだ。

そんなことを考えながらその日の政務を終えた。夕食をとるため自室へ戻る。

部屋に入った瞬間、鍠牙は驚きのあまり凍り付いた。

玲琳がいた。しかし彼女がこの部屋にいるのはいつものことで、驚いたのはそのせいではない。その傍らに、見知らぬ女がいたからだ。

玲琳とその見知らぬ女は二人並んで長椅子に座っていた。

その光景を見て、鍠牙はほとんど眩暈がした。自分でなければ卒倒したかもしれないと思い、己の精神の頑強さに驚嘆する。

玲琳は体中に数え切れぬほど蟲を纏わせていた。

それはまあ……普通だ。これを普通と思ってしまう自分はもう普通ではない気がしたが、それには気づかぬふりをする。

問題はもう一人の女だ。玲琳が細い指で蟲をつまみ、一匹一匹丁寧に、女の体へ蟲をのせているのである。体に何匹もの蟲をのせられて、しかし女は凪《なぎ》のように静かな顔をしているのだ。

この光景はいったい何だと鍠牙はくらくらする。

この世が生まれし時にあった混沌《こんとん》は、こんな風であっただろうか。

半ば現実逃避していた鍠牙に、玲琳が気づいてひらりと手を振った。

「お帰り」

それに合わせて隣の女が立ち上がり、蟲まみれのまま優雅な仕草で礼をした。

「お帰りなさいませ」

「……誰だ」

半ば答えが分かっていながら鍠牙は聞いた。

「お前の側室よ。里里というの」

玲琳が機嫌よさげに紹介してきた。やはりである。最悪だ。

「何をしていた？」

聞きたくもないことを聞く。答えが返ってきたところで何も得られる気はしないが、このまま無視するには光景が異常すぎた。

「寒かったので、温めてあげようと思ったのよ」

玲琳が軽く手を動かすと、蟲たちはいっせいに玲琳の衣の中へ姿を消した。

「なるほど……で、そんな寒い思いをしてまで、あなたたちは何故ここに？」

「え？　夕食はここで共にとろうと、お前がそう決めたんじゃないの」

「何故、姜家の姫までいる」

「お前の側室だもの。当たり前でしょう？」

「お邪魔なら下がります」

里里は静かにそう言って、部屋から出ていこうとした。

「ダメよ、里里」

玲琳が鋭い声で止めた。同時に手を引く。

「お前もここにいなさい。一緒に食事をしましょう」

「お妃様のご命令であれば」

里里はやはり表情一つ変えることなく、その場に留《とど》まった。

玲琳は満足そうに里里の手を握っている。出会った初日であるというのに、ずいぶん親しそうにしている。玲琳とここまで容易《たやす》く打ち解ける人間は珍しい。後宮の女官たちなどは、未だに玲琳と隔てがある。

「確かに側室候補を受け入れるつもりではいたが、ここへ勝手に入られても困るな」

「私が好きな人と一緒に食事をしたいと思うのはおかしいかしら？」

玲琳はつぶらな瞳で聞き返す。

「なるほど、あなたは俺にこう言わせたいんだな。俺と彼女とどっちが大事だ？」

いささか冗談めかして問うと、玲琳は怪訝な顔で一拍考え、

「特にどちらも大事ではないけれど」

さらりと答える。鍠牙は苦笑いした。

「……姫よ、少しは夫の心を慮ってもらえまいか」

「私はお前を傷つけたかしら？」

玲琳は不思議そうに首を傾《かし》げた。

「いたく傷ついたな。夜を共に過ごせないなら、せめて食事くらいは二人きりで取りたいんだ。あなたの心はいらないが、あなたの時間や行動は独り占めしていたいと思うのは俺の横暴か？」

鍠牙はまっすぐ目をそらさず問いかけた。玲琳は鍠牙を見返し、一度瞬きし、里里の手を放して立ち上がると、手を伸ばして鍠牙の頬に触れた。そのまま口づけをするような動きで顔を近づけ、間近で言った。

「嘘吐き」

鍠牙の表情が凍る。

「嘘だと思うのか？」

「思うわ。お前の嘘を何度聞いてきたと思うの」

怒っている——というには真摯すぎる瞳が鍠牙を射た。

どうして彼女には自分の嘘が通じないのだろうと、鍠牙はいつも不思議に思う。けれどそんな彼女でさえ、鍠牙が本当に欲しているものは理解できないだろうとも思う。理解してほしくもない。だから鍠牙は無駄だと分かっていても嘘を重ねる。

「嘘などついているものか。あなたを独占するのは俺の権利だ。だから側室などいらないと言っただろう？　それでもあなたが望むから、俺は側室を受け入れた。俺はあなたの望みなら、なんでも叶えてやりたいと思っているからな」

ちらと玲琳の背後に目をやる。無表情の女が身動きもせず佇んでいる。

後宮に上がったその日に王から拒絶の言葉を聞かされ、しかし眉一つ動かさない。姉とは全く違うなと思った。いつも勇ましかった明明の姿が脳裏に蘇《よみがえ》る。

彼女が死んで八年になる。記憶の中の明明が、本当の彼女と寸分たがわぬ姿であるかどうか確かめるすべはもうない。鍠牙の記憶の中で、明明の姿は少しずつ変わってしまっているかもしれない。

里里は、姉の明明や兄の利汪と母が違ったはずだ。そのせいか、三人の容姿にはあまり共通点がなかった。

「側室を迎えるのは俺の本意じゃない。がっかりしたか？」

鍠牙は初めて里里に話しかけた。里里は色のない表情のまま口を開いた。

「いいえ、別段。どのような扱いを受けても、陛下に誠心誠意お仕えします」

本当に姉とは少しも似ていない。血が遠いのか育った環境が違うのか……感情が枯渇してしまったかのような冷たさ。

「そうか……まあ不本意とはいえ、こうなってしまった以上は仕方がない。突然のことでお前も困惑しているだろうが、後宮で好きなように過ごしてほしい。俺はあまりかまってやれんだろうがな」

「心配しなくていいわ。お前がかまってやれなくても、私にはこの女をかまう心づもりがあるから」

玲琳が得意げに己の胸を叩いた。そしてまた里里の手を引く。

「私と一緒にいなさい。素敵な蟲を見せてあげるわ。蟲のことも教えてあげる。私は蟲師だから、蟲のことならば何でも教えてあげられるわ。何をどこまでやればお前の心が動くのか見てみたい。動いたお前の心の中に何があるのか確かめたいの」

彼女はお気に入りのおもちゃを見つけた子供のような笑みを浮かべた。

自分だけが所有できるはずだった彼女の手が、他の誰かに触れている。楽しそうに笑っている。それを見て鍠牙の胸に満ちた感情は、底なしの痛みに似た安堵だった。


翌朝、玲琳は鍠牙の部屋でいつも通り朝食を済ませると、その日は毒草園へ行く前に二つ隣の部屋を訪ねた。

そこは側室候補として後宮へ上がった里里に与えられた部屋だった。玲琳の部屋より は少し狭い二間続きの部屋である。

「おはよう、里里」

いきなり中へ入って声をかけると、そこにいたのは里里ではなかった。ぱっと顔を輝かせたのは里里の連れてきた旅の占星術師、星深である。

図抜けて目立つ容姿の男だが、玲琳は彼の顔を覚えておらず、衣装だけで判断した。

「おはようございます、お妃様」

星深は足元に跪き、玲琳の片手をとって手の甲に口づけた。

されたことのない行為に——斎でも魁でもあまり一般的ではないその行為に、玲琳は面食らう。

「美しい花にとまった蜜蜂だと思ってご容赦を」

星深は立ち上がり、ゆったりと礼をする。雅《みやび》な仕草をする男だなと玲琳は思った。

「お前は占星術師と言ったわね、どうしてこの部屋に？」

「私は男ゆえ、侍女たちと違い後宮に部屋を賜ることができません。ですから、毎日ここへ通うようにと申し付けられているのです。里里姫は、毎朝私の占いで行動をお決めになりますので」

「へえ、どんなことが占えるの？」

「恋しい男の意中の相手から、今の恋人との将来、運命の結婚相手まで、どんなことでも占います」

「……恋愛沙汰ばかりね」

「恋占いを専門にしておりますので。お妃様は？　恋占いにご興味は？」

「全くないわね」

玲琳は正直に答えた。自分にとって、この世で最も縁遠い事象であろう。

星深は残念そうに首を振る。

「もったいないことですね。美しいお妃様にはそれにふさわしい恋があるはず。私があなた様の恋を占って進ぜましょう。占星術師と危険な火遊びを……などという結果が出るかもしれませんね」

彼は悪戯《いたずら》っぽく片目をつむった。占星術師というのは自分自身のことだろうか？

変な男だなと玲琳は首をかしげる。

「火を使う遊びには興味がないわ。蠱術を使うときに煮込んだり焼いたりすることはあるけれど、遊んでいるわけじゃないもの」

冗談を言ったわけではなく、玲琳は火遊びの意味を知らなかった。

星深はきょとんとし、けたけたと笑いだす。

「やめたやめた。これは無理だ」

星深はにやりと笑った。たちまち俗っぽい印象になり、玲琳は驚いた。

「あなたはずいぶんと純粋に育った方のようですねえ……。無垢《むく》なお妃様に一つ忠告して差し上げますよ。私はね、雇い主の里里姫から、とある依頼を受けてここにいるんです」

　そう言われ、玲琳は黙って彼を見つめ返した。話の内容より、豹変《ひょうへん》ぶりが気になる。

玲琳が何も言わないので、星深は少し面白くなさそうな顔をした。

「普通……依頼って何？　とか、聞き返しません？」

「聞いてほしいなら聞いてあげるわ。依頼とは何？」

「……もうちょっとこう、緊迫感とか……まあいいか」

　星深は咳払《せきばら》いして玲琳の耳元に唇を寄せた。

「私は里里姫から、あなたを誘惑するよう命令されてここに来ました」

「は？　何のために？」

　玲琳は混乱する。玲琳を誘惑？　意味は分かるが、意図が全く分からない。そんなことをして、誰が何の得をするというのか。

「さあ？　正直俺も頼まれた時には、何言ってんだこの姫さん……とか思いました」

　星深の口調がやや粗野なものになった。それが普段のしゃべり方なのかもしれない。

「金持ちの姫さんの考えることは分かりませんよ。あの姫さんの姉姫も、訳が分からない人でしたからねえ」

　思わぬことを言われて玲琳は更に驚いた。

「お前、明明を知っているの？」

「ええ、知ってますよ。俺は八年前にもこの国にいましたからね。その時最後の雇い主が明明様だったんですよ。一度だけ楊鍠牙様にも会ったことがあります」

その言葉で玲琳はピンときた。明明は生前占星術に関心を持っていたと、確か鍠牙が言っていたはずだ。

「彼女はお前に占いを頼んだのね」

「いやあ、違いますよ」

星深は苦笑いで否定の形に手を振った。

「姜家の明明姫が占星術に興味を持ってるって噂で聞いたんで、俺もてっきり占いを依頼するつもりだと思いましてね、伝手《つて》を頼って明明姫に会ったんです。そしたらあの姫様、自分を占星術師にしろとか言いだしたんですよ」

「明明は占星術師になりたかったの？」

明明という人間の人物像がつかめず玲琳は首をひねった。

「みたいですね。まあぶっちゃけ俺の占いなんてほぼほぼインチキなんで、それを教えろとか言われても困るわけですよ」

「へえ、お前の占いはインチキなの？」

意外に思って聞き返すと、星深は呆れたような顔になって玲琳と距離を開けた。

「あたりまえじゃないですか、何言ってんですかお妃様。占いってのはインチキの類義語ですよ。未来が分かる人間なんているわけないでしょ」

「あら、そうなの？」

蠱師である玲琳にとって異能は身近なものであるし、占星術に関心を持ったこともないので、その真偽を追究したことは一度もなかった。

「そりゃそうですよ。里里姫に毎朝お伝えしてる『本日の占い』なんて適当適当。適当でも、人は信じたいものを信じるものですからねえ」

「恋占いができるというのもインチキ？」

つい先ほど彼自身の口がそう言ったばかりだ。恋占いを専門にしているということは、それなりの結果を出しているように思うが……

問われて星深は肩をすくめた。

「あんなものは簡単ですよ。俺は目端が利くんでね。誰が誰を好いているとか、どうしたら相手を振り向かせられるかとか、見てればそういうことが分かるんですよ」

「へえ……お前はずいぶん才ある男ね」

玲琳は心底感心した。星深は気をよくしたのか、得意げに胸を叩いた。

「俺は今姜家の姫様に雇われてますがね、他にもたくさんの顧客を抱えてるんですよ。ご存じです？　近頃この界隈《かいわい》では、恋に破れる男女が続出してましてね、そういう人間は俺を頼ってやってくる。別れた相手は運命の相手じゃなかったとか、真実の愛を見つけたいとか、失った恋を取り戻したいとかね。そういう視野狭窄《きょうさく》に陥った人間はいくらでも金を出す」

だけど――と、星深は流し目を送ってきた。

「だけどそれじゃあ足りないんですよ。俺はいずれ王宮お抱えの占星術師になりたいと思ってるんです。この国一番の権力者に近づきたい」

そこで彼はぐっと距離を詰めてきた。

「ねえ、お妃様。俺は確かに人の未来なんて占えないですけど、こう見えて案外便利な男ですよ。どうでしょう？　俺の雇い主になりませんか？」

突然の申し出に、玲琳は目をぱちくりさせる。

「お前の雇い主は里里でしょう？」

「里里様からあなたに鞍替《くらが》えするってことですよ」

彼はにこにこ笑いながら、玲琳の顔を指した。不躾な仕草なのに、不思議と不快感を与えない。彼の提案に玲琳は少しばかり興味を抱いた。

「私がお前を雇ったら、お前は私のために何ができるの？」

「里里様を後宮から追い出す手助けをしましょう」

星深は悪そうににやりと笑った。

「後宮はお妃様一人のものに戻ります」

「なるほど……いらないわ」

玲琳はきっぱりと断る。たちまち星深は狼狽えた。

「え!?　いらないんですか？　国王陛下の寵愛を盗られるかもしれないのに？」

「別に構わないわよ。というか……あの男はそもそも私を寵愛していないもの」

「いやいや……じゃあなおさら、側室を追い出さなくちゃ。お妃様の立場が危うくなりますよ？　俺を味方にしませんか？　お妃様の力になってみせますから」

彼はじたばたと焦るように言い募る。

「いらないわ。私が私であることが、私の立場を守ることなの。それだけで守れないものは、私にとって必要がないのよ。それに、昨日私が言ったことを聞いていなかったかしら。私、里里が気に入っているの。追い出すつもりなんかないわ」

断言する玲琳の前で、星深はがっくりとしゃがみこんだ。

「だめか……」

「どうしてそこまでして私に雇われたいのよ」

「言ったでしょう？　里里様が俺に依頼したのは、お妃様を誘惑することだ。だけど恋愛に関して目端が利く俺には、何をしたところであなたを誘惑するのは無理だってすぐに分かるんですよ。つまり、里里様からはもう報酬を得られないってことです。下手すれば解雇される。だったらあなたに取り入った方がましだ。上手くいけば王宮お抱えの占星術師になれますからね。だけど……口説く相手を間違えたな」

星深は肩を落として深々とため息を吐く。

「なるほど、理解したわ。お前も色々大変なのね」

玲琳は彼の目の前にしゃがみこんで労《ねぎら》う。

「お気遣いどうも。お礼に忠告してあげましょう」

星深は玲琳に顔を近づけ、声を潜めた。

「姜家の姫様には気を付けた方がいい。あの家の姫様は誰も彼も普通じゃないですよ。それを覚えておいてください。それで危ないと思ったら、いつでも俺を雇ってくれていいんですからね」

そう言って彼は片目をつぶった。

「覚えておくわ」

玲琳がそう答えた時、奥の寝室から里里が出てきた。きっちりと身支度をしている。彼女は玲琳と星深に気づいてわずかに動きを止め、しかし特に驚いた顔をするでもなく礼をした。

「おはようございます、お妃様。お待たせして申し訳ございません」

玲琳はにこやかな笑みを彼女に向ける。

「おはよう、里里。今日はお前に私の大切なものを見せてやりたいの。ついておいで」

そう告げて、玲琳は彼女の手を取った。

後宮というのは決して暇な場所ではない。

そこに勤める女官たちは日夜忙しく働いている。とはいえ、こんな時くらい仕事の手を止めてもいいだろう。

女官たちはぽかんとしてその光景を見つめる。

目の前には王妃の毒草園が広がっている。『王妃の毒草園』という言葉にもはや何の違和感も持たない時点で色々どうかと誰もが思っているが、そこをあえて追及する強者《つわもの》は今のところ皆無だ。

「ねえ、あれ何？」

「私に聞かないでよ」

毒草園にいるのは主である王妃玲琳と、それを手伝う女官の葉歌。そしてつい先日後宮に上がったばかりの側室候補姜里里だ。

寒い冬の庭園で、三人はせっせと野良仕事をしている。

「えーと……お妃様だけじゃなくて側室も毒草園で野良仕事……あり？　なし？」

「なしよね。ありだったらもう終わってるわよね」

「でも目の前にはあるわよね」

「そうね、じゃあもう終わってるわよね」

「あははは……どうなっちゃうのよ、この後宮は……」

女官たちは遠い目をする。

「王様はあんなにご立派で素敵な方なのに、どうして妃や側室がこれなの？」

「お妃様が蠱師っていうだけでもうアレなのに、側室は不気味な人形みたいな人だなんて。姜家の姫だというから期待した私たちが馬鹿みたいじゃないの」

「いえいえ、まだ甘いわよ。亡くなった婚約者の明明様だって、幼い頃からたいがいアレな人だったんですからね」

年かさの女官が口を挟んだ。

「女らしいところが一つもない男勝りな姫で、兵士に剣術勝負を挑むわ、お屋敷に忍び込んだ盗人《ぬすっと》を捕らえるわ、女官に嫌がらせした男と決闘するわ……何というか……猛者《もさ》でしたよ」

「ひええ……明明様ってそんな姫だったんですか？」

「じゃあ王様は、許嫁が猛者、妃が蠱師、側室は人形……？」

「なんてこと……王様、お可哀想《かわいそう》に……！」

女官たちは憐《あわ》れを催し、ううっと口を押さえて涙を滲ませた。

「何とかお妃様たちを王妃として教育できないものかしら？」

「え、あの人たちを？　誰が？　私たちが!?　無理無理無理無理！　あんな人を教育できるような人間がいるわけないじゃないですか！」

「そうね、無理よね」

女官たちは一同揃《そろ》ってため息を吐く。

「せめて私たちが、しっかりとこの後宮を支えなくちゃ」

「そうね、頑張りましょう！」

絶望と諦念を携え、彼女らは一致団結したのだった。

そんな女官たちの苦労など知りもしない玲琳は、寒空の下せっせと畑仕事にいそしんでいる。この日は一段と冷え込んで、雪がちらちらと舞っている。玲琳は鼻や頬を赤くし、毛皮の上着を羽織っていた。

里里の従者である占星術師の星深は、蟲だらけの毒草園へ行くと聞いて断固拒否し、自分の部屋へ戻ってしまった。玲琳に従ったのは里里と葉歌だけだ。

「お前、本当に蟲が怖くないのね」

玲琳は傍らで作業する里里に声をかけた。

「……怖いという気持ちはよく分かりません」

里里は淡々と答える。その頭には先日生まれた巨大で丸い蛾蠱がのっかっている。

見るもの全てに悲鳴をあげさせたこの蛾蟲を、しかし里里は僅かも恐れない。完全な無関心と言っていい。

そんな里里を見て、玲琳はふふっと笑った。

「ねえ……私、お前を蟲好きの女にしたいわ。この国の人たちに、蟲の素晴らしさを喧伝《けんでん》したいの。お前はその第一歩なのよ」

その未来を想像し、ほんのり頬を染める。

「別段怖くはありませんが、特別好きとも思いません」

対する里里の返事は、やはり無味乾燥としたものだ。

「時間をかけて好きになればいいわ。お前はずっとここにいるのだから」

「……私は何かを好きになったりはしません」

「それなら何故、恋占いが得意な占星術師など雇っているの？　あの男に何をさせるつもりかしら？」

里里は、玲琳を誘惑するよう彼に依頼したという。その真意に興味があった。何を目的としてそんなことを命じたのか知りたい。しかし里里の答えは想像したものから少しずれていた。

「……私は自分でものを決めることができません」

彼女はそう答えたのである。

「昔からそうです。命じられなければ何もできません。ですから、占いに頼ってきました。誰も何も命じてくれない時、占いに従って動いてきました。それを知った姉は、それなら自分が占星術師になって導いてあげよう……などと言っていました」

そういう繋がりかと玲琳は合点がいった。

明明が占星術に関心を持ったのはそんな理由だったのだ。

「明明はお前を可愛がっていたのね」

妹を大切にする姉。それを想像して玲琳の明明に対する好感度が上がった。玲琳を駒としてしか見ない、この世で最も薄情な博愛主義者の姉を思い出す。

里里は作業の手を止め、玲琳の方を見た。

「姉は強くて……勇ましい人でしたから。私とはずいぶん違いました」

「お前は姉が好きだった？」

「私はこの世の誰も好きになったりはしません」

木枯らしが冷え冷えと吹いた。

「……星深を雇っているのは、自分の行動を決めてもらうため？　それとも、私を誘惑させるため？　どちらが本当？」

するとと里里は数回瞬きした。

「彼は話してしまいましたか……どちらも本当です」

「私を誘惑させようとしたのは何のため？」

「父から、陛下の寵《ちょう》を得るよう命じられたので、その命令に従っただけです。お妃様の関心が他の男性に向けば、陛下は私を見てくれると思いました。私は殿方の関心を引く要素が一つもないので」

「そうかしら？　お前は魅力的よ」

玲琳は心から言った。

「……私に魅力などありません。そんなことを言った人は……今までに一人しかいません。それもただの世辞だと分かっています」

里里の表情がほんの少し……ほんの少しだけ歪《ゆが》んだ。他の人間であれば全く表情が変わっていないと評して差し支えない程度のささやかな変化だ。

「私は命令されなければ何もできない……何のとりえもない……つまらない人間です」

「そう、分かったわ。ならばこれからは、私がお前に命じてあげるわ。お前の行動を、全て私が決めてあげる。私の言葉に従えばいい。私がお前を庇護してあげる」

「……どうしてそこまで私のために？」

里里がそう聞いた時、荒い足音が聞こえ、毒草園へ乗り込んできた人物がいた。

「お妃様、これはどういうことですか！」

怒鳴りながらやってきたのは鍠牙の側近、姜利汪だった。

「どういうこととはどういうこと？」

　玲琳は泥にまみれた顔で聞いた。

「妹をこのように危険な場所へ近づけるなど、やめていただきたい！」

　利汪は苦虫を噛み潰したような顔をしている。周りは蟲だらけ毒だらけ。それでも逃げ出さないところに彼の覚悟を感じた。

「女官たちから相談を受け、まさかと思って参りました。妹は命じられれば断ることをしません。そこにつけこんでおかしなことに引きずり込むのはおやめください！」

　しかし玲琳は当然のように怯まない。

「おかしなこととは無礼ね。最初に出会った時、お前の妹が私に指導をしてほしいと言ったのよ。だから私は私の持つ知識をお前の妹に与えるわ。私は蠱師だから、蠱師の知識しか与えられないのよ」

　堂々と言い放った玲琳に、利汪は深々とため息をついた。

「お妃様……ちょうどいい機会なので言っておきます。あなたの振る舞いは、とても王妃としてふさわしいものではありません。あなたは一度、礼儀作法を学ぶ必要があります」

「礼儀作法は心得ているわ。斎で学んだもの」

　しかし利汪は首を振った。表情は怒髪天を衝《つ》く——といったところだ。

「知っていても実践する気がなくては意味がありますまい！　そもそも魁には魁の作法がございます。お妃様は一から学びなおすべきだと存じますが!?」

「お前がそんな風に怒るのは珍しいわね」

「妹におかしなことを教え込まれて怒らぬ兄はおりません！　今のあなたに妹を預けるなど危険極まりない。妹を側室として迎えるおつもりなら、少しでも常識と礼儀作法を学んでください！」

　率直に告げられ、玲琳は少し笑ってしまった。少しも似ていないのに、またしても斎の姉を思い出してしまった。

「いいわ。そこまで言うなら礼儀作法とやらを学ぼうではないの。せっかくだから、里里も一緒に学びましょう。お前と一緒に学ぶなら楽しそうだわ」

　玲琳はくるりと振り返る。そこには里里が――いない。さっきまでいたはずの里里が忽然《こつぜん》と姿を消していた。

　玲琳はぽかんとして辺りを見回す。一面に毒草園が広がり、寒風に葉を揺らしている。その茂みの一部が、不自然にガサゴソ動いていた。蟲の動きではない。

　玲琳は怪訝な顔で草をかき分けた。茂みの中に、里里が丸くなって隠れている。

「お前……何しているの？　寒いの？」

　あまりに奇天烈な行動故、そんな発想しか出てこない。

「出ておいで」

呼びかけると、里里は髪や服をくしゃくしゃにしながらゆっくりと這い出てきた。

その頭には巨大な蛾蠱がずっと陣取っている。

「どうしたの？」

突然の奇行に、怪しい病かといささか心配になる。

「いえ、どうもしません。大丈夫です。問題ありません。大丈夫です」

どう見ても大丈夫ではない。酷く狼狽えているように見えた。何も感じないなどと
言っていた彼女が、今や別人だ。

「里里、得体のしれないものを頭にのせるんじゃない！」

利汪が悲鳴のように叫んで近づいた途端、里里は座り込んだまま素早く背を向けた。

兄と目を合わせようとしない。

「問題ありません、お兄様。大丈夫です」

やはり全然大丈夫ではない。

里里の頭にとまった蛾蠱が、ぎょろりとした目を利汪に向ける。利汪は「うっ」と
うめいて一歩引いた。

「お前は……仮にも側室候補なのだから、もう少し自分で考えて行動をしなさい。い
つまでも子供のままでいてはいけない。分かるな」

「……はい、お兄様」

里里は頑《かたく》なに背を向けたまま俯《うつむ》いた。

利汪は困ったように嘆息し、再び玲琳の方を向く。

「お妃様、ですから私は申し上げました。ご覧になれば分かると思いますが、妹に側室は務まりません。自分の意志では何もできない。命令されればこのように愚かなことでもしてしまう。できれば問題を起こす前に、お妃様から断っていただきたいのです。どうしてもお断りいただけぬのであれば、二人で礼儀作法の勉強をしていただくことになりますが？」

「いいわ。愚かなことという言葉の無礼さに目をつぶって、礼儀作法の勉強とやらをしましょう」

玲琳が笑いながら応じたその時、里里が兄の方を見ぬまま聞いた。

「お兄様……礼儀作法の指南役はどなたが……？」

「朱奈《しゅな》に任せようと思っている」

利汪の答えに、里里は全身をびくりと震わせた。利汪はそれに気づかなかったらしく、玲琳に険しい顔を向けた。

「指南役は明日にでもここへ遣わします。よろしいですね？　心の準備をしておくように」

「ええ、分かったわ」

玲琳は軽く腰に手を当て承諾した。

利汪はようやく感情が少し落ち着いたようで、律義に礼をし、その場を立ち去った。

雪の降る毒草園で、里里は長いこと座り込んでいた。


玲琳は里里を連れて部屋の中へ戻った。その頃にはもう、里里はいつもの彼女に戻っていた。さっきまでの狼狽えた態度が嘘のような、人形めいた無表情。

玲琳が卓に着くと、女官の葉歌が茶と菓子を運んできた。

「礼儀作法の勉強だなんて、突然ですね」

葉歌は不満そうな顔をしている。彼女は利汪とあまり折り合いが良くないようだ。

玲琳の向かいには里里が座っている。彼女の前にも湯呑が置かれているが、里里はそれに手を付けることなく卓の一点を見つめていた。普通の人なら、ぼうっとしていると評されるのだろう。しかし表情が凍りすぎていて、本当にただの人形のように見えた。

「お前は、兄が嫌いなの？」

玲琳はずばり聞いた。

「まさか！　兄は昔から私に良くしてくれました。嫌いなわけがありません。兄は本当に素晴らしい人なんです。私は出来の悪い……迷惑ばかりかける妹なのに、兄は私にいつも優しくしてくれたのですから」

里里は勢いよく顔を上げて即答した。

「分かるわ」

玲琳は心の底から笑みを浮かべた。

「お前の気持ち、分かるわ。私も同じよ。いくら迷惑をかけても、お姉様だけは私の存在を認めてくださった。兄や姉を愛するのは、妹として当たり前のことよ」

「……許されぬ想いもこの世には存在します」

「いいえ、ないわ。妹が兄や姉に抱く愛情が許されないなどということはありえないわ。もしも許されないなどということがあるなら、それは世界が間違っているわ」

玲琳は断言する。

もしも世界が、姉の彩蘭に抱く愛情を否定するのなら、玲琳は世界を否定する。

里里は放心したように玲琳を眺めている。

「お前は誰を愛してもかまわない。世界がお前を許さないなら、私がお前を許すわ」

玲琳はとどめを刺すように宣言する。

里里は瞬きもせずに玲琳を見つめ――しかし言った。

「いいえ、お妃様……私は誰かを好きになったりはしません」


利汪の宣言通り、翌日の昼にはもう礼儀作法の指南役が玲琳の部屋を訪れた。

部屋には里里も呼ばれている。

指南役の女は玲琳と里里に向かって優雅に礼をした。

顔立ちが飛びぬけて美しいわけではないが、上質な衣装と上品な雰囲気を身にまとう、二十代後半と思《おぼ》しき女性だ。品がありながら、不思議に可愛らしく見える。

「初めまして、お妃様。本日からお妃様の指南役を務めさせていただく、朱奈と申します。仲良くしてくださいませ」

女は胸に手を当ててにこやかに微笑んだ。

この真冬に、突如春の日が差したかのような微笑み。楽しそうににこにこ笑いながら朱奈と名乗る女は、玲琳と里里を交互に見た。

「里里様、お久しぶりですね。また会えて嬉しいですわ」

彼女はどうやら里里の知己であるらしく、心から嬉しそうに笑いかけた。里里は彼女に対して礼を返す。その姿に玲琳は見入った。里里は今まで見た中で一番冷たい氷の人形のような顔をしていた。自分の心を丸ごと、この冬の空気で凍てつかせてしまったかのように。そしてゆっくりと拒絶するように顔を背けた。

そんな態度を、朱奈は気にするでもなくぽんと両手を打ち合わせた。

「頑張って礼儀作法をお勉強しましょうね、大切な方に喜んでいただくために。お妃様が頑張っていらっしゃるとお聞きになったら、陛下はきっと喜んでくださいますわ。お妃可愛い妃よ……などとおっしゃるかも」

その言葉に、玲琳はいささか納得がいかないものを感じた。自分を寝所から追い出した男のために頑張る気にはあまりなれない。

玲琳のそんな気持ちなど知らず、朱奈は里里の方を向く。

「里里様はお兄様のために頑張りましょうね。利汪様がきっとたくさん褒めてくださいますわ」

兄という言葉にぴくりと里里が反応する。その反応をどう捉えたのか、朱奈は優しく笑いかけた。

「大丈夫ですわ、里里様。利汪様はあなたのこと、とても大切に想っていらっしゃるのですわよ。きっと褒めてくださいますから、頑張りましょうね」

どうやら朱奈は、里里と利汪をよく知っているらしい。礼儀作法の指南役にしたことといい、どういう関係なのだろうかと考える。が、さほど興味があったわけでもなく、朱奈の声で玲琳の思考は途切れた。

「まずは挨拶からお勉強しましょう。最初は礼の仕方から。斎と魁では礼の仕方が違っていて……」

朱奈はさっそく礼儀作法の指南に取り掛かった。

玲琳は教える朱奈をまじまじと眺める。ずいぶんにこにこ笑う女だなと思った。玲琳は斎にいたころ、姉以外の人間からあまり笑顔を向けられることがなく、こんな風に親しく笑いかけられるのは珍しかった。

魁で頻繁に笑いかけてくるのは、鍠牙や夕蓮くらいのものか。女官の葉歌は、笑うより怒ったり嘆いたりする方が多い。鍠牙も怒ることは多いが、嘘を吐く時など殊更笑ってみせる男だ。

姉……夫……友……玲琳に笑いかけてくる人たちを思い浮かべる。彼らの持つ、底なしの毒の美しさを……

そんなことばかり考えながら勉強を終えると、朱奈はぽんと手を打った。

「では、初日はここまでにしましょうね」

始めた時と同じように締めくくる。

「お二人ともさすがですわ。きっとすぐに私より上手にできるようになります」

ぱちぱちと手を叩かれて褒められ、玲琳は複雑な気分になる。

褒められることに慣れていない。嬉しいというより、物足りない気持ちになった。

玲琳にとって学ぶことは厳しさを伴うもので、優しく教えられたことはそよ風のように自分の体を通り抜け、中に留まってくれないような気がする。蠱術を教えた玲琳の母など、鬼のように厳しかった。それが普通だと思っていた。

「お二人ともお疲れでしょう？　休憩してお茶にしましょうか？」

朱奈はいそいそとお茶の支度を整えた。

玲琳と里里を卓につかせて、朱奈は湯気の立つ茶を振舞う。微笑みの中にやり遂げた満足感のようなものが見て取れた。

「お前は毒気の薄い女ね」

玲琳は茶をすすりながら言った。

人は誰しも毒を孕んでいるものだが、この女はそれが薄い。

玲琳に笑いかけてくる人間は大抵濃い毒を秘めていて、玲琳はその毒を美しいと思うのだが、朱奈の笑顔にはそれがない。自分に対してこんな風に笑いかけてくる人間もいるのだと、玲琳は新鮮な思いがした。同時に、自分がこの女に惹《ひ》かれることはないだろうとも思う。

「毒……？　どういう意味でしょう？　……あ、もしかして私が単純だということですの？　利汪様にもよく言われますわ。お前は少しくらい裏と表を使い分けるべきだと。でも、私とて裏表はありますのよ」

朱奈は目まぐるしく表情を変え、ぷんすかした様子で己の胸に手を当てた。

兄の名を聞いた里里が、視界の端で強く湯呑を握ったのが見えた。

「もちろんそうよ。裏表のない人間などいないわ」

玲琳は小さく笑ってそう答えた。すると朱奈は何を思ったか、

「そういえば、近頃都では離縁する夫婦が続出しているという話をご存じですか？」

そんなことを聞いてきた。

「ええ、その話は聞いたわ」

玲琳がずっと気にしている件だ。

一方里里は答えなかった。強く湯呑を握り締め、全身で相手を拒んでいるかのように身を固くしている。

「離縁した方々には、裏があったということですわね。離縁したくなるような気持ちを、ずっと隠していたということですもの。私には理解できませんわ。夫と離縁するなんて、考えられません」

朱奈はもの憂げにため息を吐く。どうやら彼女には夫がいるらしい。

「お前は夫と仲がいいのね」

「ええ、もちろんですわ」

たちまち朱奈は表情を明るくした。くるくるとよく表情を変える女だ。

「夫は優しくて朗らかで素敵な人で……そんな夫と離縁するなんて考えられません」

ふるふると首を振る。本当に夫を慕っているらしい。

「お妃様は、陛下と仲睦《むつ》まじくしていらっしゃるとか。陛下の寵愛を得ることは、両国にとってとても大切なことです。それでいて、側室候補の里里様とも仲良くしていらっしゃる。お妃様はご立派ですわ」

朱奈はキラキラした眼差しを向けてきたが、玲琳は訝しげに首をかしげる。玲琳の感覚として、鍠牙と仲睦まじい覚えはない。

「残念だけれど、寵愛を得る予定はないわ。あの男は私の心などいらないのよ。近頃は体もいらないと、私を部屋から追い出して一人で眠っているほどだもの。まったく愚かでおかしな男だわ。まあ、あの男はいつも変なのだけど」

鍠牙はあれ以来、いくら言っても玲琳と共に寝ようとしないのである。本当に済度《さいど》し難い愚か者だ。

「あら、仲違《なかたが》いはいけませんわ。仲良くしてくださいませね」

心配そうな顔で乞われ、玲琳は反応に困った。

そもそも玲琳は、鍠牙と仲良くしたいわけではない。では彼とどうなりたいのか、何がしたいのか、改めてそう考えると、にわかにはその答えを思いつかないのだった。

そこで来客が告げられた。入り口から入ってきたのは利汪だった。

玲琳は反射的に里里を見た。里里は利汪に気づくなり、表情を硬くして座ったまま玲琳の陰に隠れた。人からそんな風にされたのは初めてで、玲琳は不思議な気持ちになった。何か弱い生き物を庇護せねばならない、義務感のような喜びのような感覚。

「利汪様、迎えに来てくださいましたの？」

ぱっと花のような笑みを浮かべて立ち上がったのは朱奈だった。

とことこと小走りに利汪へ近づき、袖をつまんで利汪を見上げる。桜色に染まる頬。うっとりと輝く瞳。

一方利汪は、彼女のその仕草に剣呑な目つきをした。

「朱奈。礼儀を教えるお前がその態度では、話にならない。弁《わきま》えなさい」

「ごめんなさい」

朱奈はたちまちしゅんとなった。

「なんだか……親しげですね」

部屋の端に控えていた女官の葉歌が玲琳に耳打ちした。が、耳打ちというには声が大きすぎ、利汪にも届いた。わざとだなと玲琳は察する。

「お前、お妃様に自分のことを申し上げていないのか？」

「え？　あ、言い忘れたかもしれませんわ」

利汪はまたため息を吐いた。朱奈は慌てて玲琳に向かい礼をした。

「申し遅れましたわ、お妃様。私は姜朱奈。国王陛下の側近を務める、姜利汪の妻でございます」

「ええ!?」

仰け反るほど驚いたのは葉歌である。

「利汪様……いい年をして嫁の来手がない独身男だったのでは?」

葉歌は口元を押さえ、恐る恐るといった風に無礼千万なことを言う。

「まあ、そんなことありませんわ。利汪様は素敵な方ですもの。利汪様を好きになる女性はきっとたくさんいたはずです。私は幼い頃からずっと思い続けて、妻にしていただきましたの。嫁いで十年になりますが、利汪様は今でも素敵ですわ」

朱奈は夫を庇《かば》いながらのろけ、恥ずかしそうに自分の頬を押さえた。

「そ、そうですか……」

葉歌はひきつった笑みで相槌を打ち、玲琳の背後に隠れている里里をちらっと見た。そしてまた朱奈を見る。

「人の好みというのは分からないものですね。こんな人のどこがそんなに……」

「利汪様は素敵ですわよ」

朱奈は拳を握って断言する。その時一陣の風が舞い、その場の人たちの髪をなびかせた。一瞬、血の匂いを感じる。

数拍して、玲琳は違和感に気づく。何故、閉め切っている部屋に風が？　肌が粟立《あわだ》つような感覚があり、玲琳は顔を上げて素早く辺りを見回した。しかし、視認できる異常はない。

今の風はいったい何だったのか。玲琳が辺りを睨んでいると、

「え……あら……え……？　どうして……？」

朱奈が呟いた。彼女の方を向き、玲琳はぎょっとする。朱奈の瞳から、大粒の涙が零れていた。

「どうした、朱奈」

利汪が慌てて妻の肩に触れた。彼がそんな風に取り乱すのは珍しい。

朱奈は涙に濡《ぬ》れた瞳で夫を見上げた。しばし夫を見つめ続け、かなりの時間そうした後、一度深呼吸して口を開いた。

「利汪様……私を離縁してくださいませ」

一瞬世界の時が止まる。

「……は？」

利汪は彼らしからぬ素っ頓狂な声をあげた。

「…………ふざけるのはやめなさい」

彼の返答は極めて真っ当であった。それ以外の答えはあるまい。

しかし朱奈は続けた。

「いいえ、ふざけているわけではありませんの。ただ、今突然……気づいてしまいましたの。私……あなたを愛していません」

朱奈は涙をぬぐい、そう告げた。妻の肩に手を置いた利汪は、そのままの姿勢で氷のように固まっている。口がぽかんと開いて、間抜けな顔になっていた。

「え、何なんですか、これ。修羅場？　修羅場？」

何故か背後の葉歌がはしゃぐ。乙女と下衆《げす》が同居している。それが葉歌という女官である。

利汪はようやく解凍し、片手で額を押さえ、もう一方の手を妻に向かって遮るように突き出した。

「待て、朱奈。待て、落ち着け」

おそらく彼が一番落ち着いていない。

「私は落ち着いていますわ。今までお世話になりました」

朱奈はすんとはなをすすり、深々と礼をする。対する利汪は事態が把握できず、混乱を極めた表情だ。このままひっくり返ってしまうのではないかと思われた。

はたで見ている玲琳も、状況についていけない。突然何が起こっているのか。訳が分からずにいると、突如廊下で陶器が割れるような音がした。

「どういうことよ！　急に別れたいって、どうしてなの！」

甲高い女の叫び声が聞こえる。廊下で揉《も》み合う音がする。

「え？　え？　何なんです？　よそでも修羅場!?」

葉歌が目を白黒させて入り口に駆け寄り、扉を開ける。

廊下で泣きわめきながら取っ組み合っている女官と衛士がいる。こっそり交際していた男女だろうか。突然の別れ話を切り出され、女が取り乱している様子だ。廊下には割れた皿の破片が散らばっていた。

「いったい何が起こっているの？」

玲琳は呟いた。ふと、背後に目をやる。陰に隠れた里里は、世界を拒むような無表情で静かに座っていた。


バンと大きな音を立てて、玲琳はその部屋の戸を開いた。

初めて入ったその部屋は広く、数人の男たちが机に着いて書き物をしたり、書物を運んだりしている。

その一番奥――一段高くなっており、窓から日が差し込む場所に置かれた一番立派な机に、鍠牙が座っていた。

おそらくは魁国で最も重要な場所であろう、国王の執務室である。

斎国ではとても皇妃が入れるような場所ではなかったが、魁では後宮と行政区の行き来を禁止されていない。

突然入ってきた女に、その場の臣下たちは怪訝な顔をし、一番近くに立っていた男が近づいてきた。

「お嬢ちゃん、後宮の下女か？　何の用事だい？」

何故この国の人間たちは誰も彼も自分を後宮の下女と間違えるのだろうかと、玲琳は憤慨する。

もっとも、玲琳は凝った結髪を作るでもなく、高価な装飾品をつけるでもなく、簡素な衣装を身にまとい、大胆な歩き方をするのが常だったから、一目で高貴な身分の姫だと看破するのは至難の業だろう。

玲琳は男を無視して歩みを進めた。王に近づく玲琳を見て、その臣下はぎょっとしたように玲琳の肩を引いた。

「こんなところへ勝手に……」

男が咎めるように言う途中で、玲琳はその手をはたき落とした。

「気安く触るのはおやめ」

高圧的なその物言いに、男は驚いて手をひっこめる。ひっこめた後で、自分の反応を恥じるように手を握ったり開いたりした。

玲琳がこの場へ足を踏み入れて当然の人間であるかのように振舞うので、彼はそれ以上玲琳を止めていいものかどうか迷っている様子だ。

そのやりとりが聞こえてようやく鍠牙は気づいたらしく、顔を上げて驚きの表情を浮かべた。立ち上がって玲琳に近づいてくる。

「こんなところへ何の用だ、姫」

目の前までやってきた鍠牙が、腕組みして聞いた。

周りの臣下たちはいまだに玲琳が何者か分かっていないらしく、固唾をのんで二人の様子をうかがっている。

「大変なことが起きたわ」

玲琳は率直に告げた。鍠牙の瞳が真剣な色を帯びる。

「何があった」

「利汪が妻に振られたわ」

瞬間、空気が凍り、鍠牙は腕組みしたまま意味不明とばかりに首を傾けた。

「何の話だ？」

「利汪が妻に――」

「お妃様！」

玲琳がもう一度説明するのを遮って、利汪が執務室へ入ってきた。

「後宮へお戻りください。ここはお妃様のいらっしゃる場所ではありません」

利汪はつい先ほど妻から離縁を切り出された男として不釣り合いなほど、いつも通り冷淡な態度だ。さっきのことは夢か何かかと錯覚してしまいそうになる。

玲琳と利汪の会話を聞いて、ようやく周囲の臣下たちは玲琳が王妃であると気づいたらしく、ざわついた。婚儀で玲琳を見た者もいるだろうが、濃い化粧をして婚礼衣装に身を包んだ王妃と今の玲琳は容易く繋がるまい。

「利汪、何があった」

鍠牙は埒が明かぬと踏んだのか、利汪の方へ尋ねた。

「つまらぬことです。陛下もお気になさいませぬよう……」

利汪は軽く礼をし、仕事に戻ろうと踵を返して、そこに置かれていた椅子に足をぶつける。強かに脛《すね》を打ち、「うっ」とうめいてよろめいたところで、部屋の段差に足をとられてすっ転んだ。

「利汪、大丈夫か？」

鍠牙が声をかけると、利汪はよろよろと起き上がり、

「問題ありません」

言いながら立ち上がり、また歩き出したところで今度は大きな書架に激突した。

顔面を強打し、利汪はその場に蹲《うずくま》る。書架がぐらつき、収められた書物がばさばさといっせいに降り注ぎ、利汪は悲鳴を上げる間もなく押しつぶされた。

執務室はしんと静まり返る。利汪はもう起き上がらなかった。

「分かるわね？　とても大変なことが起きてしまったと」

玲琳はしかつめらしく聞いた。

「なるほど、どうやら大変な事態が起きたらしいことだけは理解できた」

鍠牙は軽く頷いて、利汪を救出し始めた。

近くにいた臣下たちもすぐに集まり、書物をどかす。

玲琳がその光景を眺めていると、執務室に一陣の風が吹いた。その風にまじってまた血の匂いが鼻を突く。その血の匂いを、玲琳は今までに嗅いだことがあった。ぞっとし、鳥肌が立った。

と——利汪を救出していた臣下の一人がふらりと立ち上がった。

彼は呆然とその場に佇み、不意に涙をこぼし始めた。後から後から止めどなく流れてくる雫《しずく》を持て余し、彼は困惑していた。

「なん……だ、これ……止まらない……」

玲琳は訝るように男を眺めた。ここ最近の出来事が頭の中を勢いよく巡る。

都中で頻発する夫婦の離縁。朱奈の異変。後宮で別れ話をしていた恋人たち。

　それらが合わさり、一つの答えを出した。

　玲琳は男の袖をつかんで乱暴に振り向かせた。

「お前……妻はいる？」

「？　……一人身ですが」

「好いた女は？」

「何故今そんなことを？」

　ようやく涙の止まった男は、訳が分からないという風に眉を寄せた。

「いるならその女を思い浮かべてごらん」

　きつく命じる。彼は不可解そうな顔をしていたが、ややあって愕然とした。

「え……？　なんで……俺はなんで彼女を……」

　自分のことが心底理解できないというように、頭を抱える。

　玲琳は剣呑な目つきで周囲を見回し、部屋の端にある卓に置かれた茶器に目を留めた。そこから一つ空の湯呑をとり、窓を開け放って庭園へ飛び出す。

　地面に下りると冬の冷気が肌を刺した。一度身震いし、駆けだす。井戸の場所は把握している。

　急いで井戸から水を汲《く》み上げ、凍りそうなほど冷えた水で湯呑を満たす。そして己の血を一滴、水の中に落とした。

零さないように戻って窓から執務室へ入ろうとするが、この部屋の窓は少々高く、降りることはできても簡単には登れない。湯呑を窓枠に置いてよじ登ろうとすると、力強い手に腕を引っ張られた。

玲琳を引きずり上げたのは鍠牙だった。何をしているのかとは聞かれない。彼は水で満たされた湯呑を見て、玲琳が何をしようとしているかすぐに察したらしかった。

玲琳は鍠牙にも同じことをしたことがある。彼はそれを覚えていることだろう。

さっきの臣下はその場に呆然と座り込んでいた。自分の内側が空っぽになってしまったとでもいうように。

玲琳は湯呑を持って俯く男の傍に膝をつき、顎を摑んでぐっと顔を上げさせた。

「この中に唾を垂らしなさい」

鋭い声で命じる。放心している男は玲琳の意図を理解できず、ただ呆《ほう》けている。

あまりに反応がないので、玲琳は湯呑を床に置き、男の口に指を突っ込んだ。

突然のことに男は目を白黒させる。玲琳はからからに乾いている男の舌を思い切り押した。男はぐうっとえずき、湧き出てきた唾を口の端から垂らした。

その唾を湯呑で受けると、かすかに泡を含んだ唾は一直線に水底へ沈む。

玲琳は一度大きく息をついた。

「この間の事件があってから間がないというのに……どこの国でも、王宮に呪いがはびこるのは変わらないということかしら」

ゆっくりと立ち上がり、鍠牙の方へ振り返る。

「蠱毒だわ」

断言され、鍠牙の眉がぴくりと動いた。

「人の心に作用する蠱毒。誰かがまた、この王宮を呪っているのよ。いえ、違うわね。きっと都中の人たちが呪われているんだわ」

「……楽しそうだな」

鍠牙はそう言って玲琳の手を取り、臣下の唾液で濡れた玲琳の指を袖で拭った。

玲琳は思わず己の頬を押さえた。かすかに口角が上がっていた。

対する鍠牙はいつもなら人前で見せぬ暗く険しい顔をしている。

「……お前が今何を考えているか当ててあげようか？」

鍠牙が考えていることは手に取るように分かる。玲琳も今、同じことを考えているはずだからだ。

嘲笑《あざわら》うかのように人の心を操る蠱毒。ただ面白いからという理由でこんな馬鹿げたことをする人間を、玲琳も鍠牙も知っていた。

「彼女の見張りは十分かしら？」

玲琳が問いかけると、鍠牙の眉間のしわは深まる。彼は未だ倒れたまま起き上がら

ない利汪の傍へ跪き、

「あの女の監視に不備はないか？」

小声で鋭く聞いた。すると今まで倒れていた利汪が突然息を吹き返し、勢いよく起き上がる。一瞬前までと同じ人物には見えぬ様子で顎を引いた。

「無論です。王太后殿下の御身をお守りするため、完璧な警備体制を敷いております」

彼は忠誠心の強い臣下の物言いをしたが、王太后夕蓮の本性を知る者にとって、あの衛士が彼女を守るためのものでないことは明白だった。その事実を知っている者はこの場にほとんどいないが――

「夕蓮様におかしな行動はなかったかと……」

言葉の途中で、執務室の入り口から一人の若者が入ってきた。鍠牙の側近の一人と思しき若者は、鍠牙の近くへ足早にやってくると、彼に耳打ちした。

「大変です、陛下。夕蓮様のお姿が消えました」

鍠牙と利汪は愕然とした表情を浮かべ、しかし鍠牙はすぐ冷静な態度に戻った。

「急ぎ捜索してくれ」

淡々と命じる。

「……蠱病が発生する前、風が吹いたわ」

玲琳が脈絡なく言うと、鍠牙が振り向いた。相槌を打つわけではなかったが、先を促されていることは分かった。

「風にまじって、血の匂いがした。……夕蓮の血の匂いよ」

少し前、玲琳は夕蓮の血を舐めている。蠱師である玲琳にとって、血は特別なものだ。夕蓮の血の匂いを玲琳は覚えている。

瞬間、鍠牙の表情がひび割れた。玲琳は、彼が泣き叫んだり暴れたりするのではないかと冷静な頭の中で考える。しかし鍠牙は指一本動かすことなく、いつもの調子を崩さなかった。

「姫、後宮へ戻れ」

「何故？　この場には私が必要でしょう？」

玲琳は胸に手を当てて言った。

「蠱病を解蠱できるのは私しかいないもの。いったい何の目的でどんな蠱毒を飲まされたのか、私が調べるわ」

「姫、後宮へ戻れと言っている」

彼はもう一度言った。ごく普通の言い方だったというのに、妙な圧力を感じた。

「私の行動を制限する権利を、お前に与えた覚えはないわ」

かすかに目を細めて玲琳は言う。すると鍠牙は皮肉っぽく笑った。

「もちろんそうだ。姫は自由に動き、己の才を発揮する権利がある。が、権利があることと力があることは違う」

その物言いに、玲琳はカチンときた。玲琳に蠱師としての力がないような物言いだと感じられた。言い返そうと口を開いたが、それより先に鍠牙が言った。

「葉歌、頼む」

彼は玲琳付きの女官の名を呼んだ。

「はい」

と、すぐ後ろから返事があり、玲琳は飛び上がるほど驚いた。

振り向くと、いつの間にか葉歌が立っていた。

「どうやら蠱毒が蔓延《まんえん》しているようだ。姫がそれに首を突っ込もうとしている。何が起きているのか分かるまで、姫を安全な場所で守っていてほしい。勝手なことをさせないでくれ。いいな？」

半ば命令のような問いを受け、葉歌は心底嫌そうにため息を吐いた。

「私が後からお妃様に文句を言われちゃいますけど……仕方ないですね。さあ、お妃様、お部屋に戻りましょう」

彼女は渋々といった風に玲琳の腕を摑む。

「お前……どういうつもり……？」

玲琳は葉歌に引きずられながら、鍠牙を睨んだ。

なるほど確かに「力」だ。玲琳の力では葉歌に敵《かな》わない。

鍠牙はにっこり笑って手を振っている。

「おとなしくしていてくれ」

抵抗しようにも、葉歌に摑まれた腕はどうあがいたところで振りほどけそうにないのだった。玲琳は強制的に、後宮へと連れ戻された。


その晩、玲琳はいつも通り鍠牙の部屋で彼を待っていた。

怠惰な格好で長椅子に寝ころび、蛇《だ》蠱《こ》を体に纏わりつかせて暖をとる。

安全な場所と言われて葉歌が選んだのは、鍠牙の部屋だったのだ。この部屋から出ようとすると、葉歌にすぐ連れ戻されてしまう。

玲琳が本気でここから出たいと願うのならば、葉歌を殺さねばならなかった。蠱師の玲琳にとって、それは息をするように容易い。ただ呪えばいいのだ。しかしそれは同時に、霞に姿を変えて部屋から抜け出すより難しいことでもあった。玲琳は葉歌を殺したいなどと思っていないのだから。

ゆえに玲琳は鍠牙の部屋で彼を待ち続けていた。

いなくなったという夕蓮のことを考える。

蟲を用いて様々な罪を犯してきた彼女のことを。

玲琳は彼女の罪を知ったあの夜、夕蓮から全ての力を奪い取った。彼女を愛し、彼女の力となってきた猫鬼という名の蟲を、玲琳は奪った。

夕蓮は何の知識も努力もなく、愛情一つで蟲を使った。どんな動物も、彼女を愛さずにはいられないのだろう。彼女はそういう風に生まれた化け物だ。だから鍠牙は夕蓮を幽閉し、新たな蟲を生み出してしまわぬよう外界との接触を禁じた。

夕蓮にはもはや何の力もないはずった。

が——そうではないのだ。少し考えれば分かることだった。本当は最初から分かっていたのかもしれないが、そんなことは起こるまいと甘く考えていたのだ。

夕蓮を最も愛するのは蟲ではない。にゃあにゃあ鳴く浅薄な毛玉でもない。あの女に最も強く引き寄せられるのは——人間だ。

夕蓮はおそらく、見張りの衛士を籠絡《ろうらく》したのだ。

衛士は夕蓮に娘を殺されている。夕蓮になびくはずがない。それが甘かった。現に夕蓮はこの王宮から姿を消している。

外界に出てしまえばそこには様々な生き物がいて、夕蓮に惹かれて蟲になってしまう蟲も当然いるだろう。夕蓮を愛してしまった蟲は、彼女の願いなら全て叶えてしまうだろう。

あの化け物に太刀打ちできる蠱師は、この国に玲琳を措《お》いていまい。

それにしても……何のために男女を別れさせるような訳の分からない蠱術を？

近頃都中で夫婦が次々離縁しているという。あれもおそらくこの蠱術と関わっているのだろう。国中の男女を別れさせて何の意味が？

それが不思議で仕方なかったが、夕蓮という女は退屈であるという動機一つでそういう訳の分からないことをする女でもあった。

そんなことを考えているうち、鍠牙が戻ってきた。彼は玲琳が部屋にいるのを見て、驚いたように目を見張った。自室にこもっていると思っていたのだろう。

玲琳は長椅子に寝そべったまま彼を睨んだ。鍠牙は苦笑いして近づいてくる。

「機嫌が悪そうだな、姫」

「夕蓮は？」

「姫には関係ないことだ」

その答えで、夕蓮がまだ見つかっていないのだと分かる。

「蠱毒については調べたの？」

「あなたが気にすることはない」

返ってくるのは内容のない言葉と心ない薄笑い。

「ふざけているのは顔と頭と心根だけにしてほしいわ。……真面目に話しなさい。お前たちごとき蛮族の素人が、蠱毒の何を調べられたのか聞いているのよ」

　玲琳はいつにもましてきつい物言いをした。腹に据えかねているのだと、口にしてより強く自覚する。

「患者の反応を見るに、おそらく人の恋心に作用する毒。だとしたら安心ね。私とお前には効かないわ。私は恋などしないし、お前も私に恋をしたりはしないもの」

　己の推測を口にする。と、鍠牙は何故か表情を険しくした。しかしそれは一瞬で、すぐに嘘くさい笑顔に戻った。

「何度も言わせないでくれ。あなたには関係がないと言ってるんだ」

　あくまで情報を渡すまいという態度に、玲琳は身を起こして椅子に座り、さらに問い質した。

「お前……私の縄張りで他の蠱師が好き勝手に暴れているのを、おめおめと見逃せというの？　あの女は私の友人で私の獲物だわ。私以外の誰が、あの女に太刀打ちできると？　あれは私のものよ。私が狩るわ！」

　爛々《らんらん》と光る目で鍠牙を睨み上げる。

　途端、今まで嘘くさい上っ面の表情を張り付けていた鍠牙が豹変した。ぞっとするような恐い目になり、彼は突然玲琳を長椅子に押し倒した。

　大きな右手が、玲琳の肩をきつく押さえる。玲琳は身動きが取れなくなった。

「それはダメだ。俺はもう、あなたを二度とあの女に関わらせない。あの女を連れ戻したら、今度は外界と隔てられた光の届かぬ場所へ幽閉しよう。あなたが二度と会いに行けないように」

氷のような冷たい目で、鍠牙は薄く笑む。

「姫……それでもあなたは俺が好きか？」

状況にそぐわぬことを尋ねられ、玲琳は怒りが消し飛んだ。

「何故そんなことを今聞くの？」

「答えてくれ。俺が好きか？」

「……ええ、好きよ」

この親子はどうして揃いも揃って似たようなことを聞くのだろうかと不思議に思いながら、玲琳は正直に答えた。

「……そうか」

「不満？」

鍠牙はそれに答えず薄ら笑いを浮かべた。

「姫……蠱毒の情報もあの女の情報も、あなたには与えない。自分だけの力でどの程度のことができるか試してみるといい。あなたは自分が恵まれた場所で優遇されていたのだということを少しは知るべきだ」

彼は突如態度を変え、突き放すように言う。

「そう……つまりお前は私の敵に回るのね？」

「そういうことだ」

鍠牙ははっきりと宣言した。

玲琳は僅かに目を細め、一度深く息をついて鍠牙を見上げた。

「分かったわ。お前の主張を受け入れましょう。今夜限り、お前は私の敵よ」

「そうだな、敵同士だ。それが確認できたなら出ていってくれ」

鍠牙は満足げに言い、長椅子に押し付けている玲琳の上からどこうとした。しかしそれより早く玲琳は、鍠牙に手を伸ばして彼の耳を思い切り引っ張った。

無防備な末端に与えられた強い痛みに、鍠牙は顔をしかめて呻いた。痛みに逆らえず、彼は玲琳が引っ張るまま倒れこむ。

体の上に落ちてきた鍠牙を、玲琳は強く抱き締めた。お世辞にも豊かとはいえない胸に、彼の顔が埋まる。

「何故私がお前の言うことを聞くと思うの？　私はお前の敵なのだから、お前の思い通りにはしてあげないわ。お前を置いて出ていったりはしないわよ。お前はこれからもずっと私と一緒に寝るの。たとえ側室が百人来ても、お前と一緒に眠るのは私だけよ。私はお前を離さないし、しがみついてでも出ていかないわ」

玲琳の衣の胸元から毒蜥蜴がのぞく。押し付けられた鍠牙の目の前で、本来なら蜥蜴にはあり得ぬ鋭い牙をのぞかせる。一噛みすれば鍠牙は玲琳の腕の中、朝まで毒で動けなくなるだろう。

牙を向けられ、鍠牙は一瞬瞠目し、全身の力を抜いた。

「……俺を殺すのか？」

何を勘違いしたのかそんなことを聞く。

「死にたいの？」

以前殺すと言った時、鍠牙はそれを受け入れるように笑った。「それはいいな」と言った。その言葉が本心であることを玲琳は知っている。

鍠牙の中に生への執着はない。

母に毒を飲まされた時、弟を身代わりに殺した時、許嫁が殺された時——そのたびに彼の心は死んできた。残骸のように残る精神の欠片《かけら》を繋ぎ合わせ、歪《いびつ》になった心は毒と化した。そうやって、彼はこの世に留まっている。

そのことを、玲琳はどうも思ってはいない。

死にたいと思いたいなら思えばいい。生きる気力を取り戻してほしいとか、人を信じてほしいとか、そんなことは思わない。人の心を己の理想に捻《ね》じ曲げたいとは思わない。

歪なまま、毒のままであればいい。玲琳は彼の持つ毒そのものの心に惹かれるのだ。どす黒く甘やかな感情に突き動かされ、玲琳は聞いていた。

「……殺してあげようか？」

本当にそれを望むなら、玲琳は与えてやってもいいと思う。それは恋とまるで違う感情だろうけれど。

「いいわよ。お前が望むなら。お前の命を丸ごと私のものにしてやってもいいわよ」

玲琳は鍠牙を抱きしめる手に力を込めた。

途端、彼は玲琳を力任せに振り払った。仰け反るように起き上がり、玲琳を見下ろす。その手はかすかに震えていた。表情にはありありと恐怖の色が浮かんでいる。

自分の何がこんなにも彼を怯えさせているのか理解できず、玲琳は横たわったまま鍠牙を見上げた。

「……つまらない冗談を言うのはやめてくれ。あなたが出て行かないなら、俺が出て行く。あなたは好きなだけここにいればいい」

鍠牙はよろめくように立ち上がり、背を向けて部屋を出て行った。

そして彼はもう、部屋に戻ってこなかった。

第三章

翌朝、鍠牙の部屋で一人目を覚ますと、目の前によく知った女の顔があった。

ぎょっとする玲琳を見下ろしているのは葉歌だった。

「おはようございます、お妃様」

葉歌は思いつめた顔で玲琳を凝視している。

「おはよう、葉歌。どうしたの？」

「……一つだけ確認させてくださいませ。お妃様は、王様を殺すおつもりですか？」

恐いくらいの真顔だ。葉歌は昨夜も玲琳と鍠牙の床を見張っていたらしい。

「さあ、分からないわ」

玲琳は本心から答えた。

昨夜、鍠牙は玲琳から逃げた。殺されるのが嫌で逃げた――わけではないと思う。

彼は何かに怯えて玲琳から離れたのだ。それが何なのかは分からないが。

昨夜の鍠牙は異常だった。一晩考え、玲琳はそういう結論に至った。

彼は元から変だと玲琳は思っているが、それに輪をかけておかしかった。

鍠牙はかつて、玲琳が夕蓮の蠱毒を解蠱するのを手助けしている。彼は、玲琳に蠱師としての力を使わせることに躊躇《ためら》いなどないはずだ。なのに今、彼は蠱毒から玲琳を遠ざけようとしている。その真意が分からない。

葉歌は少し離れて佇み、胸の前で両手を握り合わせている。

玲琳はふと心配になった。

「私があの男を殺したら、お前が困るでしょうね」

もしもそんな事態になったら、葉歌に累が及ぶ前に国へ帰してやらなくてはと思う。

玲琳は葉歌を道連れにしたいとは思っていない。

「私は――姫様をお守りするためなら、誰でも殺します。腕利きの暗殺者でも、無頼の盗賊でも、魁の王であっても――。私にはその力があります。けれど……私は姫様を殺すことだけはできない。姫様が魁王を本気で殺そうとするなら、私は止められない。蠱師である姫様がその気になれば、止められる人間は存在しません」

胸元で握り合わせた両手に力がこもり、筋が浮いた。彼女が玲琳を姫様と呼ぶのは、妃としての玲琳より皇女としての玲琳を重んじる時だ。

「ですから……もしも姫様が魁王を殺す時が来たら、せめてあなたが逃げるお手伝いを全力でしようと思います」

玲琳は思わず目を丸くした。図らずも笑みがこぼれた。

「お前は……可愛いね。お前のそういうところ好きよ」

「そう思うのでしたら、できれば王様を殺さないでくださいまし、お妃様」

葉歌はいつもの様子に戻り、頰を膨らませて言った。

玲琳は返事の代わりに微笑を返す。

この世で最も信頼する者を一人挙げろと言われたら、自分は葉歌の名を挙げるだろうと思った。

「ところで葉歌、お前に頼みたいことがあるのだけど？」

「え、お断りします」

玲琳の口調がわずかに変わったのを瞬時に察し、まずいことを言われると感じたのか、葉歌は内容を聞く前に拒絶した。

やはり信頼するのはやめておこうかと一瞬思う。

「私は夫と敵対したわ」

「……それは存じております」

「私は私の好きなように、私の獲物を狩ろうと思う」

「……」

「夕蓮を捕らえるわ、私の手で。手伝いなさい」

命じられた葉歌はこの上なく嫌そうな顔をした。

「……私に何を手伝えと？」

「私を後宮の外へ連れ出すことは可能かしら？」

「ダメです！」

可能不可能ではなくダメだと葉歌は断言した。顔が怖い。

「それなら、中蠱《ちゆうこ》した蠱病患者をここへ連れてきてほしいの」

中蠱とは蠱に中《あた》ること。蠱毒に冒され蠱病になることである。

「それはつまり……最近都中で別れ話を繰り広げている人たちをここへ……ということですか？」

「そうよ」

「何をするんです？」

「呪い返しをするのよ」

玲琳はにたりと危険な笑みを浮かべた。

玲琳の部屋に、里里と星深が呼ばれた。

二人は何故自分たちが呼ばれたのか分からない様子で、卓を囲み椅子に座っている。

玲琳は彼らの対面に腰かけ、口火を切った。

「この王宮に蠱病患者が出たわ。彼らは突如配偶者や恋人に対する愛情をなくしてしまった。奇妙な病よ。そして近頃起こっている夫婦の離縁、突然別れる恋人たち。それらの原因も、同様に蠱病であると私は考えているわ」

調べてはいないが、利汪の妻である朱奈もおそらく、蠱術にかかっている。きっとあの風がそうなのだ。あの風に蠱毒が含まれている。あの風を受けなければ蠱病にならないのだとしたら、この蠱病はおそらく人から人へうつることはない。それでも被害が広まり続けているのだから、術者は相当な力を注いで蠱術を使っている。

あの化け物じみた女であれば、それができるはずだと玲琳は思う。そしてそれに立ち向かえるのは自分以外にない。

話の内容についてこられなかったのか、あるいは何も感じなかったのか、星深と里里は黙っている。星深は前者で、里里は後者であろう。

「私は蠱師としてこの騒動を放っておけない。そこでお前たちに頼みがあるわ。私は夫の楊鍠牙と対立することにした。よって、お前たちには私の味方をしてほしいの」

里里はやはり頑迷なまでの無表情で人形のように固まっている。一方星深は、数拍思案して仰天した。

「ちょっとお待ちを！　俺たちに、国王陛下と敵対しろというんですか⁉」

玲琳は平然と首肯した。

「全ての責任は私がとるわ。何が起こってもお前たちに累が及ぶことのないように」

「分かりました、何をしたらいいのですか？」

承諾したのは星深ではなく、黙っていた里里だ。傍らの星深が飛び上がる。

「いやいや！　全然分かってないでしょ！　そもそも俺らに何をさせるつもりなんですか！」

「あら、やる気十分ね」

「ぜんっぜんやる気ありませんけど！」

星深は真っ青になってぶんぶん首を振る。

「星深様、諦めた方がいいですよ」

控えていた葉歌がぽんと彼の肩を叩く。星深は悲劇的な顔ではくはくと口を動かしたが、何も言えずに脱力した。

玲琳は彼ににこりと笑いかけ、話を続けた。

「蠱術を使った容疑者の夕蓮は、すでに逃亡しているわ。私はあの女を捕まえたいの」

「えっ!?　犯人は逃げたんですか!?　いや、捕まえると言われても……いったいどうやって？」

「呪い返しをするのよ。術者がかけた呪いを、術者へ返すの。その術に目印をつけておけば、術者の居所が分かるわ。そのためには、蠱術をかけられた蠱病患者が必要なの。王宮で起きた蠱病に干渉することは楊鍠牙に止められている。だから、ここへ蠱病患者を連れてきてほしいのよ」

そう説明すると、星深はすぐにピンときたらしかった。

「ははあん……お妃様は、俺に恋占いを頼んできた顧客たちを、ここへ呼び寄せろと言ってるんですね？」

「その通りよ」

突如恋情を失った人たちが自分の恋占いを頼ってくると、彼は言っていたはずだ。

玲琳はそれを覚えていた。

「だけど、俺が何人も患者を連れてきたら、不審に思われますよ」

「それは里里に頼むわ。お前なら、後宮へ人を入れることができるでしょう？」

「……私の侍女だということにすれば」

「ではお願いね。獲物を逃がさぬよう、全て迅速に」

玲琳はその場の人たちを順繰り見やる。

葉歌が額を押さえ、星深が身震いし、里里は無表情を保っていた。

彼らの仕事は早かった。その日の午後にはもう、玲琳の部屋に見知らぬ五人の人たちが集められていた。

全員が女だ。身なりが良く、裕福なのだと分かる。王宮お抱えの占星術師を目指す星深の顧客なのだから、それなりの家柄なのだろう。

彼女たちは全員不安そうな顔をしていた。自分たちが何故この場にいるのか理解できていないらしい。

「皆さん、申し訳ない」

星深が朗々とした声で言った。俗っぽいしゃべり方ではなく、いかにもそれらしい身振りや口ぶりだ。女たちは星深にすがるような目を向ける。

「星深様……大事な話があると言われて来たのは構いませんが……ここはもしや王宮なのでは……？」

女の一人がそう言って、不安そうに口元を押さえた。

理由を知らされもせず、馬車か何かで後宮へ連れてこられたらしい。

「お前たちはつい最近夫や恋人と別れた。彼らに対する愛情を、突如失ってしまった。相違ないわね？」

玲琳は軽く腕組みして女たちを見やる。

「……あなた、どなた？　いくら後宮仕えの女官でも、こんな幼い女の子に横柄な口を利かれる覚えはありませんよ」

女たちはムッとした様子で言い返した。星深が慌てて何かを言おうとしたが、玲琳はそれを遮って言った。

「私は女官じゃないわ。私は――蠱師よ」

王妃でも皇女でもなく、玲琳は蠱師と名乗った。途端、女たちは凍り付く。

「お前たちが愛情を失ってしまったのは、蠱術によるものだと私は考えている」

「な……何を言って……」

「理解する必要はないわ。お前たちは何もしなくていい。その代わり、私がこれからお前たちにすることを、ただ黙って受け入れなさい」

玲琳は水の入った湯呑に血を一滴落とし、並んで佇む彼女たちに近づいた。

彼女らは怯え、ひっと声をあげて身を寄せ合う。普通に暮らしていれば、蠱師と出会う機会などそうはない。金のために人を呪い殺す恐ろしい術者。人々が蠱師に抱く印象はそれだ。むろん、玲琳が王妃であるとは思いもすまい。

怯える彼女らに玲琳は構わず距離を詰め、一番端の女に湯呑を突きつけた。

「ここへ唾を垂らして」

命じるが、彼女は何を言われたのか分からないようで、おろおろしている。

「口に指を突っ込んで無理やり唾を吐き出させるのは面倒なの。素直に唾を垂らしなさい」

脅すように言うと、女は恐る恐る水の中へ唾を垂らした。その唾はたちまち沈む。

一人一人にそれを施し、全員の唾が沈むのを確かめて玲琳は言った。

「確定したわね、お前たちは蠱に中った蠱病患者だわ」

「蠱病……？　そんなはずないわ。人に恨みを買った覚えなんて……」

「この世には、退屈であるという理由一つで見ず知らずの人間に蠱術をかける者がいると知りなさい」

玲琳は困惑する彼女らにそっと鼻を寄せる。蠱術がかけられたときに感じた血の匂いはしない。禍々《まがまが》しい気配を発しているわけでもないし、操られている様子もない。

ただ、女たちの中には一人だけ腕に包帯を巻いている者がいた。

「怪我《けが》をしたの？」

「あ……これは……よく分からないんです」

「どういうこと？　詳しく話して」

玲琳は自分より背の高い女の顔を間近で見上げる。女は怯んだように僅か身を引いたが、躊躇いがちに説明を始めた。

「夢で……鳥に襲われる夢を見て……目が覚めたら腕に、嘴《くちばし》でつつかれたような傷がいくつも……」

自分が的外れなことを言っているのと恥じるかのように、語尾が消えた。

玲琳は自分の唇をとんとんと指先で叩きながら記憶をたどる。母に教わったことや、読み漁《あさ》った書物の内容を——

「……お前が見たその鳥が、蠱だったのかもしれないわ」

「え？　虫じゃありませんけど……」

「鳥もまた蠱よ」

最も有名なものは鶏蠱《けいこ》と呼ばれる。凶暴な蠱だ。

「鳥ならば……夕蓮の幽閉されていた離れに飛んできたでしょうね。それを蠱にするのは不可能じゃないわ」

玲琳は困惑する女の胸をとんと突いた。

「お前の中に鳥がいる。その鳥が、お前の愛情を喰ったのよ」

女は青ざめ、よろめいた。玲琳はにいっと笑った。

「心配しなくていい。私がお前の中からその鳥を追い出すわ」

宣言し、女から離れて床へ胡坐《あぐら》をかいた。

卓の上にずらりと並べていた薬剤をすり鉢の中へ順に入れ、そこへ自分の指から血を垂らし、すりこ木でする。

女たちは突然始まった得体のしれない儀式に、無言で見入った。

「へーえ……蠱術ってのはこうやってやるものなんですね」

星深が感心しながら玲琳の傍らにしゃがみこむ。

「何が入ってるんです？」

「古い蜘蛛の巣と、老いて死んだ猫の睾丸《こうがん》。それから……」

説明の途中で星深はうげっと仰け反った。

「穢れたものには力があるわ。それに、鳥を襲うのは猫の役目よ」

薬剤をすりながら、次第に気分が高揚する。

夕蓮の目的が何なのか、玲琳は興味がない。ただ、あの希代の化け物が生んだ蠱術を打ち破りたいという欲一つで玲琳は今動いていた。

人助けより、正義より、愛より、恋より——毒だ。

意識がすり鉢の中に集中し、視野が極端に狭くなり、自分がすり潰される薬になったような気がした。

肉体が消え、ふと気が付くと目の前に敵の姿があるように感じる。手を伸ばせばそこにいるような……世界の果てまでも手が届くような感覚。

しかし一瞬後、玲琳は自分の部屋にいることを思い出す。

すり鉢の中身が発熱し、湯気が立っていた。

「できたわ」

玲琳はすり鉢の中身を湯呑へ移した。立ち上がり、腕に怪我をした女に近づくと彼女は首を振りながら怯えて後ずさりする。

「お前の失った愛を取り戻してあげるわ。そこへ膝をつきなさい」

「な、何をする気ですか？　まさか、それを飲ませるつもりじゃ……」

逃げ出そうとする女の背後に一瞬で回り込んだ葉歌が、がしっと彼女を押さえた。

「まあまあ、お気の毒ですけど諦めてください。悪いようにはしませんから。ただまあ、強烈に不味かったり、強烈に臭かったり、強烈に気持ちが悪かったりするかもしれないですけど……人生は忍耐ですよ！」

片手で女を押さえたまま、もう片方の手でぐっと拳を握り励ます。

女は嫌々と首を振りながらも、腰を抜かして座り込んだ。他の四人は自分が標的になるのを恐れて距離をとる。玲琳は女の前に立つと、湯呑に注いだ湯気の立つ液体を一息に口へ含む。

自分が飲まされるのかと思っていた女は驚いて「えっ？」と口を開けた。

それと同時に、玲琳は湯呑を投げ捨て、女の頬を両手で強くつかみ、彼女の唇を自分の口で無理矢理《むりやり》塞いだ。隙間なく合わせた唇から熱い液体を一気に流し込む。

「きゃあああああ！」

熱さゆえか恐怖ゆえか衝撃ゆえか、女は絶叫して後ろへ倒れた。

女は唇の端からどろりとした液体を滴らせつつ、床でのたうち回る。

「いやっ！　人殺し！」

遠巻きに見ていた他の女たちが泣きながら叫ぶ。

「殺したりしないわ。お前たちを助けるのよ」

それは己の欲ゆえに。そしてそれは欲であるがゆえ、命を懸けてでも成功させねばならぬのだ。それが欲と傲慢で動く者の代償だ。

のたうち回っていた女は突然ぴたりと動きを止め、仰向けになって口を開いた。顎が外れるほど大きく開いた口から、黒い塊が飛び出す。靄《もや》のような、水のような、得体のしれない黒い何か。その黒に玲琳はそっと囁きかける。

「私はお前の主より強い蠱師よ。お前の耳、お前の目、お前の鼻、お前の嘴、お前の全てを今私が支配した。さあ……お前の呪いを主のもとへ返しなさい！」

その途端、黒い何かは漆黒の翼を生やし、宙へ羽ばたいた。

玲琳は窓を開け放つ。白い吐息を固めたかのような冬の曇天に向かって、黒いものは飛んで行った。

それを確かめ、窓を閉め、玲琳は倒れた女の傍らにしゃがむ。

「まだ苦しいかしら？」

女はよろよろと起き上がり、突然ぽろぽろと涙をこぼし始めた。

「嘘……私どうして……あの人と別れたりしたの……？」

口を押さえて嗚咽《おえつ》する。

「お前の中にあった呪いは術者へ返って行ったわ。返された呪いは膨れ上がって術者を攻撃する」

呪いを返して夕蓮の中にある愛情を喰らう——ことが目的ではない。呪い返しで術者に返されたあの蠱に、玲琳は己の血で目印を付けた。蠱が飛んで行く先を、玲琳は追うことができる。その先に夕蓮がいる。そのための呪い返しだ。

「呼び立てて悪かったわね。用事はもう終わったわ。術者はすぐに見つかるでしょう。見つけた術者を捕らえて術を解かせれば、お前たちの失われた愛情は元に戻るわ」

玲琳が一人一人に解蠱薬を作るより、捕らえた夕蓮に術を解かせる方が遥《はる》かに速く容易である。何しろ患者が多いので、犯人を特定できる場合この方法が最良だ。

「待っていなさい。この騒動はすぐに終わるわ」

玲琳は得意げに笑った。

呼ばれた女たちはすぐ家に帰された。

玲琳は呪い返しの効果を部屋で一人待つ。

しかし、いくら待っても呪い返しが成功した手ごたえがない。

おかしい……不可解に思い立ち上がったその時だった。

一陣の風が部屋の中を吹き抜けた。閉ざされた部屋に吹くはずのない風。そこにまじるかすかな血の匂い。風は玲琳の胸の中に入り込み、駆け抜け、消えた。

玲琳は呆然とその場に立ち尽くす。

胸の中から、ぽっかりと欠けてしまったものがあった。

「あ……ああああああああああ!!」

それを認識した瞬間、玲琳は絶叫していた。

「お妃様！」

悲鳴を聞きつけた葉歌が、慌てて駆け込んでくる。床に蹲る玲琳を見て、恐る恐る手を差し出した。

「ど、どうなさったんです？」

「……やられた……盗られた……」

「盗られた？　え？　え？　ど、泥棒？」

「お姉様を盗られた！」

玲琳は床を力任せに叩き、立ち上がった。

目の前の景色が怒りで真っ赤に染まる。ぎりぎりと歯をかみしめ、玲琳は部屋から飛び出した。

殺す……殺す……殺す……!!

憎悪の言葉が頭の中に幾度もめぐり、訳も分からず玲琳は走った。

あの女を捕まえて、はらわたを引きずり出してやる——!

後宮の出入り口へと走り、しかし途中で壁に激突した。壁に据え付けられた台から花瓶が落ちて割れる。勢いで、玲琳はその破片の上に倒れこんだ。

そこは鍠牙の部屋に近い場所で、彼は異変を察し駆け付けてきた。

「どうした姫!」

鍠牙は破片の上に倒れる玲琳の真横にしゃがんだ。玲琳は彼が傍に来たことも、ろくに気づいていなかった。

「よくも……お姉様を……! 八つ裂きにしてやる!!」

破片の上に倒れこんだ玲琳は何か所も腕を切り、血が滴っている。それでも感情は収まらず、目の前にある大きな破片を握りしめた。

己の失態に眩暈がする。

握りしめた陶器の破片を振りかぶり、凶暴に尖《とが》った先端を怒りに任せて己の腿《もも》に突き刺そうと振り下ろした。

蠱師の血液はこの世で最も強く最も穢れた、毒を超える猛毒。皮を破り肉を裂き、その毒を使って相手を殺す。その意志を持って振り下ろされた陶器の破片は、しかし玲琳の肌を傷つけることはなかった。

とっさに差し出された鍠牙の手の甲に、破片が深々と刺さっている。

「……何故……邪魔するの？」

「姫、落ち着け」

「何故邪魔をするのよ!!」

一瞬で激し、玲琳はもう一度破片を振りかぶった。凶器を引き抜かれた鍠牙の手の甲から、鮮血が噴き出す。

「落ち着け!!」

大音声で怒鳴り、彼は玲琳を抱きしめた。虚を衝かれ、玲琳の動きは止まる。

「俺を殺すのは構わないが、自分を傷つけるのはやめてくれ。頼むから……」

腕の中に抱えられ、耳元で哀願するように乞われる。

玲琳は陶器の破片から手を離した。手のひらは血だらけになっていた。鍠牙は玲琳を抱え上げ、いつもの粉袋的な担ぎ方ではなく、横抱きで歩き出した。

物音を聞きつけて、女官や衛士が集まっている。彼らは血だらけの王と王妃を見て一様に仰け反った。

「なんてこと……お妃様がまた危険なことを……」

彼らは呆れたように玲琳を見ている。この後宮でおかしなことが起きれば、それは全て玲琳が原因であると彼らは思っているらしい。事実この事態を引き起こしたのは玲琳であった。

鍠牙は彼らを適当になだめ、玲琳を自分の部屋へ連れて行った。

彼は長椅子に座り、玲琳を膝へ座らせた。その姿勢で玲琳の手に手巾を巻く。

「いったい何があった」

「……お姉様を盗られた」

玲琳は膝の上できつく拳を握った。手巾に血が滲む。

言葉にすると吐き気がした。怒りと屈辱と悲しみで頭が割れそうだ。

「盗られただと？」

鍠牙は玲琳がこれ以上おかしなことをせぬよう、しっかりと抱きかかえていた。その仕草はとても敵対すると宣言した人間のそれではない。

「……お姉様の左手の小指の爪が好きだったの」

玲琳は声を震わせた。

「他の爪より少しだけ細長くて、とても綺麗な形をしているのよ。私、あの爪に触れるのが好きだった。お姉様は時々その爪でいたずらに私の頬をひっかいて……」

そこでぎりぎりと唇を噛む。

「その想いを……お姉様の左の小指の爪への愛情を……夕蓮に盗られたわ」

「……爪……だけか？　斎の女帝自体への愛情は？」

問われ、玲琳は剣呑な目つきで鍠牙を振り返った。

「それを盗られていたら、今頃私は死んでいるわ」

姉への愛情は無論変わることなく玲琳の胸で蠢いている。ただ、姉の美しい小指の爪に対するあの想いだけが、綺麗さっぱり消えているのだ。愛した記憶は確かにあるのに、その実感がない。

玲琳は悲鳴を上げて暴れ狂いそうな気持ちを抱えながら、冷静な頭の一部で今の状況を把握しようと努めた。

己の内側を探る。敵の蠱はいない。さっきの女たちと違い、玲琳の中に他の術者が仕掛けた蠱は留まっていない。おそらくほんの一瞬だけ、蠱は玲琳の体に入り、姉の爪への愛情を喰らってすぐに逃げたのだ。玲琳の呪い返しに気づき、それをもう一度返してきたのだろう。

たとえ一瞬であっても、生まれて初めて他の蠱師に体を侵略された。この圧倒的屈辱感。幼い頃、蠱術の修業で幾度となく母から攻撃されたが、それとは全く意味合いの異なるものだ。

夕蓮という女の恐ろしさを改めて感じる。

怒りに頭を沸騰させながら、玲琳は更に考えた。

何故――自分は姉の爪への情を盗られたのか。

玲琳は姉の彩蘭に恋情を抱いているわけではない。だとしたら、この術は友情や家族愛、師弟愛などといった全ての愛情に作用するのか。

しかし、都で起きているという騒動は全て恋愛がらみのもので、親子が殺し合ったり友人同士が裏切り合ったり――などという話はついぞ聞かない。

この蠱術はいったい、人の何に反応しているのか……

「……魅力？」

「何がだ？」

何の脈絡もない言葉を鍠牙が訝しむ。

「私はお姉様の爪を魅力的だと感じていたわ。きっと、恋情を奪われた人たちも、同じように相手を魅力的だと感じていたはず。この術は、相手に魅了される感情に作用するんだわ。だから、親子や友人間にはかかりづらいのよ」

ふっと玲琳は笑った。取り乱したさっきまでの様子とは一変している。

「私たちにはかからないと言ったけれど……一歩間違っていたら、お前への想いを盗られていたかもしれないわね。私はお前に恋などしていないけど、お前の毒に魅了されているもの」

見上げると、玲琳をしっかと抱きかかえている鍠牙の顔が複雑に歪んだ。嬉しいことと嬉しくないことを同時に言われたような感じで、どんな顔をしていいのか分からないと見える。

「考えていたら頭が冷えたわ」

玲琳は肩の力を抜いた。

「私は必ず夕蓮を捕まえて、術を解かせる。それでも万が一、私の盗られた情が戻ってこなかったら……夕蓮の息の根を止めるわ」

「……姫、あなたの頭は少しも冷えていないな。あなたにそんなことをさせるつもりはない。あの女は先にこちらで捕らえる。もっとも、あなた一人で何かできるとは思わないが……」

「そんなことはないわ。私にも味方はいるのよ。とても頼もしい味方がね」

玲琳は鍠牙の胸に体重をかけ、危うい笑みを浮かべてみせた。

窓の外では雪が降り始めていた。

それから数日の間、玲琳は毒草園に入り浸った。

毒が足りない。夕蓮をねじ伏せられるだけの強い毒が……

己の血をたらふく与え、蟲を育ててゆく。呪い返しなどできぬように。

しかし、蟲を強く育てるには材料が足りず、その成長は遅々として進まない。外部から様々な材料を取り寄せることを、鍠牙が禁じてしまったからだ。あの男は確かに玲琳と敵対していた。

そうして五日が過ぎたある夕暮れ、玲琳は雪の積もる毒草園で生い茂る草の中にもぐり、産み付けられた蟲の卵を見ていた。

すると、遠くから言い争うような声が聞こえ、それが段々と近づいてきた。

玲琳は茂みの中に潜んだまま、顔をひょっこり出した。白銀の世界ににょっきり生えた黒髪。

見ると、利汪が速足で歩いてくる。その後ろを、壮年の男が追いかけていた。

「利汪！　何故隠すのだ！」

壮年の男は声を張った。

「父上、大声を出すのはおやめください。ここはお妃様の庭です」

利汪はぴたりと足を止め、振り返る。会話から、壮年の男は利汪の父姜大臣だろうと推測した。生真面目そうな顔を険しく歪めている。確かあんな顔だったような気がしなくもないと玲琳は記憶をたどる。

「夕蓮に会わせてくれ」

姜大臣は言った。夕蓮の失踪を、兄である彼は知らぬらしい。

「それはできません。夕蓮様はご病気で、どなたにもお会いできないのです」

「何故だ？　おかしいではないか。兄である私にも会えぬとは、一体どういうことだ？　利汪よ、何を隠しているのだ？」

「何も隠してはおりません」

白を切る息子に、父は更に表情を険しくし、声を低めた。

「……王宮でも都でも、おかしな病が流行っていると聞く。この国は何者かに呪われているのだという噂だ」

「……下らない噂ですな」

「夕蓮が何かしたのではないか？」

「……何のことです」

「私はあれの兄だ。あれの本性を知らぬとでも思っているのか？」

「会ってどうするというのです」

「私が直接問い質すのだ。何かあるのならば兄として始末をつけねばならぬ」

「馬鹿なことを……何もないと言っているではありませんか」

「何もないというなら会わせよ」

「それはできぬと申しております！」

利汪は鋭い声で怒鳴り、踵を返した。拒絶するような背中が去ってゆく。姜大臣は雪の中に立ち尽くし、苦い表情でうつむいた。

「風邪をひくわよ」

玲琳は雪の積もりつつある姜大臣に声をかけた。彼はぎくりとし、辺りを見回し、雪の茂みににょっきり生えた玲琳の頭を見て飛び上がった。その場にひっくり返る。

「あら、驚かせて悪かったわね」

玲琳はがさがさと音を立てながら茂みから出た。

歩み寄るが、姜大臣はピクリとも動かない。彼は雪の中で気を失っていた。


女官や衛士の手を借りて、玲琳は彼を部屋に運んだ。玲琳の自室である。

近頃頻繁に使っている寝台に、彼を横たえている。

薄暗い中でもはっきりと分かるほど顔色が悪い。

玲琳がしばらく眺めていると、姜大臣はうっすら目を開けた。

「生きているわね？」

傍らに座る玲琳に顔を覗き込まれ、姜大臣はぼんやりとした様子で呟いた。

「……見苦しいところをお見せしました」

「気にすることはないわ」

「……息子とのいさかい、お聞かせしてしまいましたか？」

問われ、玲琳は肩をすくめる。

「妹を案じるのは兄としてごく当たり前のことよ。妹が姉を愛するのと同じように」

さりげなく兄を姉にすり替える。

姜大臣は以前の厳めしい表情と違い、どことなく頼りない顔をしていた。なんだか酷く疲れている様子だ。

「……お妃様は、夕蓮と親しくしてくださっていたとか」

「今でも親しいわ、友人だもの」

「……夕蓮は、あなた様に何かしておりませんか？」

すがるように問われ、玲琳は首をかしげる。されたかと聞かれれば色々なことをされた。とりあえず命を狙われたことがあるのは事実だ。しかしそれを正直に言ってしまえば、この男はこの場で自害するのではないかと思われた。それくらい、姜大臣の表情は思いつめたものだった。

「何故そう思うの？」

玲琳は逆に聞き返す。

「……我が姜家のことを……お話ししてもよろしいでしょうか？」

彼は唐突に申し出た。溢れてしまいそうな闇を、これ以上は自分の中に抱えておけないというように。そんな風に人からすがられるのは珍しく、玲琳は鷹揚《おうよう》に首肯した。

「かまわないわ」

姜大臣は己の中身を絞り出すように一つ大きく息をついた。

「我が姜家は、ごく普通の……ただの名家でした」

名家にかかる枕詞《まくらことば》として、その言葉が使われているのを玲琳は初めて聞いた。

「身分と財力と伝統と格式があるだけの……どこにでもある……つまらない名家だったのです。夕蓮が生まれてくるまでは」

やはり名家を装飾する言葉として、ふさわしくない言葉が並べられた。

「夕蓮が生まれるまでは？　あの女が生まれて、何か変わった？」

「……最初に祖父がおかしくなりました。夕蓮が傍にいなければ昼も夜も明けない。死ぬまで手元に置いておくと言い出しました。次におかしくなったのは父でした。父は祖父を病気と決めつけ幽閉し……夕蓮を自分の部屋へ閉じ込めました。ほぼ同時に二人の兄まで……。兄たちは夕蓮を父の部屋から連れ出し、どちらが夕蓮を助けたかを争って、殺し合いました。その次には母が……。母は自分の手首を切るようになりました。そうすれば夕蓮が優しく慰めてくれると分かっていたのでしょう。その頃からです。夕蓮は人を思い通りに動かし、傷つくところを見て喜ぶようになりました。

その被害に遭ったのは使用人たちです。彼らは夕蓮を女神のように崇《あが》め奉《たてまつ》り、攫《さら》おうとした者までいました。彼らは全て、最後は父に斬られました。何より人生を狂わされたのは、弟の白蓮《はくれん》でした。夕蓮は……三つ歳下の弟を可愛がり、毎晩自分の寝所で共に寝ていたのです。……父は自分の息子であるはずの弟を、遠い地へ捨てました。当時はまだ十二歳の子供だったというのに……」

つらつらと語られるその物語は、特に意外ということもなかった。玲琳は夕蓮が化け物であることを知っている。愛情一つで蟲を操った。人を狂わせることくらい容易くしてのけるだろう。

「次におかしくなったのは……私です。私は夕蓮が恐ろしかった。あれに頼まれれば、何でも言うことを聞いてしまいそうになる。喜んでくれるのなら、何でも……。退屈だから人の首が落ちるところを見たい……そう言われたことがありました。私は……あの子が喜ぶのなら見せてやりたいと……」

寝台に横たわったまま、姜大臣はわなわなと震えた。

「そう思った自分が恐ろしかった。だから私は、夕蓮を先王の妃とするよう図ったのです。私はあの恐ろしい妹を、王家に押し付けてしまいたかった。もう、姜家では抱えきれなかった。あの子が生まれるまで、姜家は平和そのものだったのです。一族はみな助け合い、お互いを大切にしあっていた。父は母を愛《いつく》しんでいた。祖父は孫を可愛がる優しい人だった。夕蓮が生まれて全部……全部おかしくなってしまった。私はあの子から……逃げたかった。……陛下は私の意を汲んでくださいました」

罪を告白するかの如く、姜大臣は語る。父ほど年の離れた男が、頼りない童《わらべ》のように見えた。

「父は酷く反対しました。しかし陛下は、夕蓮を妃にしてくださった。そのすぐあと、父は自害しました。それを伝えた時……夕蓮は笑っていましたよ」

そこでしばし姜大臣は黙った。次に口を開いた時、彼は決意を込めた強い目をしていた。

「私は恐怖に負けてあの子をここへ押し付けた。ですから……あの子がこの王宮に何もせぬよう、見張っていなければならないのです」

「……この後宮の人間たちは、みな夕蓮に心酔している様子だったわ」

ここへ嫁いですぐそう感じた。みなが夕蓮を愛していた。ただ、夕蓮は生家にいた時ほど皆に無体を強いていたわけではないように思う。彼女に見初められたごく一部の人間たちだけがいたぶられたのだ。その筆頭が息子の鍠牙だろう。

「そうでしょうな。夕蓮はそういう子です。あれと接しても変わらなかったのは……先王陛下ただお一人でした。先王陛下は偉大なお方だった。私はあの方に全てを押し付けて逃げました。そして今……鍠牙様に娘を押し付けようとしている」

「お前は楊鍠牙を想って娘を差し出したのではないの？」

「……いいえ、私は卑怯《ひきょう》な人間なのです。側室を勧めたのは確かに陛下のためでしたが、娘を差し出したのは私の弱さでした。私はただ娘を……里里を姜家のしがらみから逃がしてやりたかった。姜家は夕蓮が生まれておかしくなり、もう元には戻れなくなってしまった。私ももはや、まともな人間ではありますまい。里里がろくに感情を見せぬ人形のように育ってしまったのも、きっと私のせいなのです。私はあの子をあまりにも厳しく育ててしまった」

姜大臣は懺悔《ざんげ》し、顔を覆った。玲琳は全てを聞き終え淡々と考える。

「……一つ聞くわ。楊鍠牙は誰の子？」

「それは誓って先王陛下のお子です！　夕蓮に誑《たぶら》かされなかった男はいなかった。ですが……夕蓮に触れた男は他におりません！」

姜大臣は勢い余って起き上がりそうになる。

それを聞いて、玲琳は少しだけほっとした。この上自分が父の血を引いていないいなどと言われたら、今度こそ鍠牙は弾け飛んでしまうかもしれない。

そう思い、なんだか腹が立った。どうして自分が敵対する夫の心をここまで案じてやらねばならぬのか。酷く馬鹿げている。

「お妃様……もしも夕蓮が何かをしようとしたら、私にお知らせください」

姜大臣は深い決意を込めて言った。

「どうするつもり？」

実際すでに、夕蓮は幾度もの罪を犯し、今は逃亡している。そして新たな罪を重ねようとしている。

「我が妹の不始末は、兄である私が責任をとって片を付けます」

「そう、理解したわ」

玲琳はそう答えたが、承諾の言葉は口にしなかった。

この男には何もできまい。この男は夕蓮に抗《あらが》えないのだ。抗えるくらいなら、今こんな事態にはなっていない。だから何も知らぬ方が良い。息子の利汪が父に何も伝えていないのは賢明だと玲琳は思った。


「材料が足りないわ。このままでは蠱が育たない！」

更に五日が経った日の朝、玲琳は鍠牙の部屋に飛び込んで叫んだ。

溜《た》め込んだ薬剤や鉱物は全て使った。もうすっからかんで、玲琳が蠱たちに与えられるものは己の血液だけになってしまった。

ちょうど身支度を整えた鍠牙はそんな玲琳を鼻で笑った。

「だから言っただろう？　あなた一人では何もできないと」

「そういうお前は忘れたの？　私は金のかかる女だと最初に言ったはずよ。私は愛や恋など求めない。私を愛する男などいるはずがないのだから。その代わり、私は私に不自由させない男を求めたのよ」

「……姫、敵対したのはあなたの勝手だ。あなたが俺の腕の中で猫のようにおとなしく丸まっているなら、俺はあなたに何でも買ってやろう。自分から敵対しておいて何かを求めるのは傲慢だろう？」

鍠牙は思いきり良い作り笑いを浮かべてみせる。

玲琳は彼の頬を引き裂いてやりたくなった。

「分かったわ。お前は首から甲斐性《かいしょう》なしの札でも下げておくといい」

そう言い捨て、玲琳は鍠牙の部屋を後にした。

自分の部屋に戻り、いつもは開けない小箱を摑んで部屋を出る。

玲琳の部屋の二つ隣が、側室候補である里里の部屋だ。

怒りのままに無断で開け放つと、玲琳は朝の占いをしていた星深と里里の眼前の卓に小箱を叩きつけた。

「星深、お前の申し出を受けるわ。お前を雇う。私のために働きなさい」

「きゅ、急に何の話です？」

星深は玲琳の勢いに引いている。

玲琳は無言で小箱を開けた。その中には大粒の宝石が付いた装飾品が無造作に詰め込まれている。

「え、こ、これは……？」

「私が斎から持ってきたものよ。お姉様にいただいたの。これをお前にあげるわ。その代わり私をこの後宮から街へ出してちょうだい。蟲に与える薬材を買いに行くの」

「まさか……お妃様をかどわかせと言うんですか？」

「私の供をしなさいと言っているのよ。お前は街のことにも詳しいでしょう。案内する人間が必要なの」

星深は玲琳と小箱を交互に見て、ごくりと唾をのんだ。

「全ていただけるんですか？」

「ええ、ほしいものを好きなだけ」

「お姉様からの頂戴物を、本当にいいんですね？」

「かまわないわ」

玲琳は姉がくれたという理由で宝石を愛したりはしない。これらはみな、蟲に与えられず残ったものだ。役立つ時が来るかもしれないととっておいた。今こそ使う時だろう。

「……分かりました。頂戴します」

星深はあまり大きくない物を一つ選んで懐にしまった。

「大きいのはいらないの？」

「こんな立派な宝石、換金するのは危険ですよ。小さい方がいい」

「そういうものなの」

玲琳は感心した。

「それじゃあ、私を後宮から出してちょうだい」

「分かりました。お妃様には変装してもらいましょう。支度をします」

星深は覚悟を決めて頷いた。

「……お妃様、私がお手伝いすることはありますか？」

黙っていた里里が言った。

「そうね、お前には一つ頼みたいことがあるわ」

「何でしょう？」

「お前、楊鍠牙を誘惑してきなさい」

すると里里は、幾度か素早く瞬きした。彼女にしては珍しい反応である。

「誘惑とは？」

「そのままの意味よ。私がここから出ていくのを気づかれないよう、気を引いていてほしいのよ」

　玲琳が勝手に街へ出ていくなどと知れば、鍠牙は絶対に止めるだろう。そもそも鍠牙以外の人間だとて止めるだろうが。

「……分かりました。誘惑してまいります」

　里里は生真面目に言い、部屋から出ていった。

「いいんですか？　お妃様」

　星深がやや戸惑った風に聞いてくる。

　玲琳は少しだけ難しい顔になり、その光景を頭に思い描いた。

「そうね……里里には荷が重いかしら」

「いや、そういうことじゃなく……自分以外の女性が陛下を誘惑してもいいんですか？」

　なるほどと玲琳は納得する。

「かまわないわ。どれほどの女に誘惑されようと、どれだけの側室を持とうと、あの男が誰より必要とするのはこの私だもの」

　自分はこの世で最も楊鍠牙に求められている人間である。玲琳にはその自負があった。

　星深は感心したように玲琳を眺めた。

「本当に変わってますね。明明姫といいお妃様といい、陛下の周りには変わった女性が集まりやすいのか……」

ぽつりと呟き、しまったというように咳払い。

「いやいや、お二人を比べたわけじゃないんですよ。そもそも明明姫は、およそ王妃にふさわしい人じゃありませんでしたからね」

彼は取り繕うように言うが、しかし実際王妃となった玲琳も、王妃にふさわしい姫とはとても言えまい。

「男勝りの姫様で、陛下も苦労してたと思いますよ」

「……明明の方はあの男をどう思っていたのかしら？」

明明の人となりは色々聞いたが、そのことは聞いたことがなく、ふと気になった。

玲琳が言うあの男というのが鍠牙を指していると、星深はすぐ察したようだ。

「王族の婚姻に個人の感情なんかいらないでしょう？　でもまあ……俺が見ていた限りだと、明明姫は当時の王太子殿下を本当に……大切に想っていたのだろうな……とは思いましたがね。命がけで王太子殿下を守ろうとしてるような姫でしたよ」

星深はやや声を低め、思い出すようにぽつりぽつりと語った。

玲琳は思わず目を見張った。

「明明はあの男に恋をしていた？」

「さあ……どうでしょうねえ」

星深は首を振った。恋に目端が利くと自負していたこの男にならきっと分かっていたのだろうと思うが、玲琳はそれ以上追求することをしなかった。

世の中には恋だの愛だのが溢れかえっていて、才能の有り余る人間ばかりだ。その才を与えられなかった代わりに、玲琳は蠱師の血を与えられて、どちらかを選べと言われたら蠱師の血をとる。だから恋を知らぬ己を恥じることはないのだけれど、時折それはどんな感覚なのだろうかと知りたくなることはあるのだった。

この世のほとんどの人間が知っていて、自分が知らぬその感覚。

玲琳の知らぬ感情を知っていた明明という女は、どんな女だったのだろう？　どうやって生き、何故死んでいったのだろう？

鍠牙は執務室の近くにある休憩用の部屋で、長椅子に横たわっていた。

仕事を中断し、休んでいるのだ。

眠くて仕方がないのに眠れない。久方ぶりの不眠は鍠牙の肉体を苛み、酷い倦怠感《けんたいかん》と頭痛をもたらした。

玲琳を寝所から追い出したあの夜から、まともに眠れていないのだ。

自分が酷く飢えた犬であるかのような心地がする。

貪欲で、品がない、路地裏の野良犬だ。

ほしいものは分かっている。しかし、それに牙を立てるには臆病すぎて、物陰から唸り声を上げ続けている。

ほしいものが与えられないことも分かっている。

彼女と出会うまで、自分はここまで惨めな人間だっただろうかと鍠牙は思い返す。

適当に嘘でやり過ごせる妃であったら、まだしも楽だったのだろうか？　夜の苦痛にだけ耐えていればそれでいい。いつか訪れるであろう安息な死を待ち、ただの道具として心を凍てつかせていられただろうか？

考えても無駄なことだ。零れた水はもう元に戻らないし、鍠牙は玲琳に出会ってしまった。

不意に吐き気がして、寝そべったまま横を向き一度えずいたが、痛いほどに湧いた唾液が零れただけで、何も吐き出すことはできなかった。

苦痛をこらえて身を縮める。その時、部屋の戸が叩かれた。

静かに戸が開き、そこから見知った女が姿を見せた。側室候補として後宮へ上がった姜里里だった。

鍠牙は緩慢な動作で体を起こした。

「何か用か？」

里里は気味が悪いほどの無表情で静々と歩いてくる。鍠牙の前に来ると床へ膝をつき、礼をした。

「お妃様に……陛下を誘惑してくるよう言われました」

無表情から無感情な声が流れ出てきた。

鍠牙は一瞬呆け、聞き間違いかと思い、しかし次第に言葉の意味を理解する。

「妃がお前にそう言ったか？」

「はい、そう命じられました」

鍠牙は頭痛がひときわ強くなり、そこら辺の卓を蹴飛ばしてやりたくなった。あるいは目の前の女の首を斬って渡してやれば、玲琳も少しはこたえるだろうか？

そう考えて、馬鹿らしくなる。どうせまた、玲琳はおかしなことを考えているのだろう。それに痛みを感じるのは鍠牙の愚かしさに過ぎない。

「そう言われても困る。まだ仕事の途中だ」

鍠牙は苦笑いしてみせた。しかし里里は恥じ入るでもなく頷いた。

「はい、私も困っております。誘惑というのがどのようにするものなのかが分かりません。私は想う相手を誘惑したことはございませんので……」

想う相手という言葉に鍠牙は目を見張り、座ったまま膝に頬杖をついた。

「お前に想う相手があるのなら、そのように取り計らってやってもいい」

暗に——というより率直に、相手との縁談を取り付けてやってもいいと誘いかける。

しかし里里は緩く首を振った。

「いいえ、結構です。私に想う相手はおりません。先ほど申し上げたのは言葉の綾《あや》です。私は陛下にお仕えすることを望んでおります」

少しも望まれている感じがしない。驚くほど何を考えているのか分からない。

「恋は毒です。あのようなものは存在しない方がいい。恋を知らぬお妃様は、幸福な方なのです」

「そういうお前も恋を知らぬのだろう？」

鎧牙は皮肉っぽく矛盾を指摘した。

「……はい、私は恋などいたしません。どなたにも……。ただ、陛下にお仕えするよう命じられただけです。心がなくとも、命じられれば動くことはできます」

冷たい物言いを鎧牙は不思議に思った。

「お前は……姉に似ていないな」

「よく言われます。私は何のとりえもない、つまらぬ人間で、姉とは違います」

「お前のことは以前から知っていた。素直で優しい娘だと……そう聞いていた」

「……どなたからですか？」

「利汪の妻と、明明からだ」

利汪の妻である朱奈は、明明の友人でもあった。明明と姉妹のように仲が良く、夕蓮に気に入られていたこともあり、二人はよく後宮に出入りしていた。

鍠牙はおしゃべりな朱奈と明明から、里里の話を何度も聞いた。話に聞く里里は、けっしてつまらぬ娘ではなかった。明明は妹を可愛がっているようだったし、朱奈はいつも明明を褒めた。

しかしそう言われた里里は、叱られたかの如く俯いて拳を握った。

そんな彼女を鍠牙はぼんやりと眺めた。

自分でも呆れてしまうほど、この女には興味がなかった。そのことを、ほんの少しだけ恥じた。

「……俺も、恋というものを理解できないわけじゃない。お前の姉に抱いた感情はおそらく、それに類似した感情だっただろうと思う」

あえて俺もと鍠牙は言った。里里の物言いは、どう聞いても恋を知る人間のそれだと思えたからだ。

鍠牙は里里に対して、初めて嘘で取り繕わない自分をさらした。

初めて出会った幼い頃から、鍠牙は明明に焦がれていた。

弟を殺した罪に苛まれ、心の壊れた鍠牙を、彼女はいつも守ってくれた。

鍠牙の身の内に巣くう毒とは真逆の生き物。

あれほど強く、勇ましく、清廉な女を他に知らない。あんな人間になりたいと焦がれ、しかし永遠に手の届かぬ存在だと隔《へだ》て心《ごころ》を抱きもした。

そんな彼女が夕蓮に殺された時、置いていかれたと憤り、何故自分は生きているのだろうと絶望し、自分にはもう幸福を得る資格も自由に死ぬ資格もないのだと定めた。

「姉を失って苦しんだのならば、恋が毒だとお分かりのはず。過《あやま》ちを繰り返すべきではありません。陛下はお妃様に、恋情を抱くべきではないのです」

真《ま》っ直《す》ぐ言われ、鍠牙は一瞬玲琳の顔を思い出して苦笑した。

「それはないな。妃にそういう感情を抱いてはいない」

それが本心だった。鍠牙は玲琳に恋などしていない。

自分が彼女に抱いているのは、もっと歪んだ別の何かだ。他の人間にはとても向けられぬ、悍《おぞ》ましい何かだ。

「俺は金輪際《こんりんざい》、恋だの愛だのという感情を持つことはないだろう。お前を愛することもない。だから、お前を側室にはしない」

きっぱりとそう告げる。それは鍠牙が初めて里里に向けた誠意だった。

少なくとも、適当に嘘であしらっておけばいい相手だとはもう思わなかった。ほんの少しも似ていないが、この娘は鍠牙が憧れた女の妹で、鍠牙にそんな扱いをされていいような娘ではないはずだと思った。

里里は鍠牙の言葉を聞いても、眉一つ動かさなかった。

人形のように生気のない瞳が鍠牙に真っ直ぐ据えられる。

「ならば……陛下はお妃様に何を求めておられるのですか？　はたで見ていても分かります。陛下はお妃様に執着していらっしゃる。何を欲していらっしゃるのですか？」

中身のない、暗く空っぽの瞳……目を合わせ、意識が吸い込まれそうになる。

「俺はただ……彼女の全部が欲しいだけだ」

鍠牙はぽつりと答えていた。己の声が耳から入り、頭の中に染みる。それこそが、彼女にだけは知られたくない己の本心。

簡単なことだ。鍠牙は玲琳の心などいらないと言った。それが間違いだったのだ。

傍にいてくれればいい。共に眠ってくれればいい。体だけがあればいい。そんなものは全部嘘だ。鍠牙はもう、それでは満足できなくなった。

自分は彼女の心が欲しいのだ。

しかしそれが手に入る日は、永久にやってこない。

鍠牙はそれを誰よりも知っている。

と、そう考えたところで、違和感を覚えた。

本当にそれだけかと誰かが胸の内で問うた。

深いところを覗き込めば、得体のしれぬ暗い感情がくすぶっている。

李玲琳に向ける——楊鍠牙の悍ましい感情のその正体。

しかしそこに触れる前に、放心する鍠牙を黙って見つめていた里里が立ち上がった。動いたことに驚くくらい、彼女は人形めいていた。無言で手を伸ばし、里里は鍠牙の頭を抱え込むように抱きしめた。

「何だ？」

「陛下を……お気の毒に思いました」

「俺は気の毒か？」

「はい……私と同じ程度には憐れです。ですが……ご安心ください。あなた様はいずれ救われます。私が救って差し上げます」

抱きしめられたまま、鍠牙は瞠目した。

瞬間的に沸き上がるのはすさまじい嫌悪感。それは玲琳がいつも鍠牙にすることとよく似ているのに、そこに付随する感情が真逆と言っていいほど違った。

耳元で、里里が囁いた。

「陛下……すぐ後宮へお戻りになった方がよろしいかと存じます」

「……妃がまた何かしたか？」

唐突ではあったが、鍠牙はピンときた。

「お妃様は今、殿方と共に後宮から逃げ出そうとしています」

鎧牙はとっさに反応できなかった。しかし、それが嘘ではないと何故か分かった。


玲琳は星深の後について夕暮れ時の後宮を歩いていた。

身に纏うものは異国風の外出着。里里の持ち物だ。

「占星術師の助手ですって顔をしててくださいよ」

前を歩く星深がこそっと言う。

どんな顔だそれはと思いながら、玲琳は斎の後宮仕込みのしとやかな歩き方をする。

いつもとはまるで違う人間に見えることだろう。

「後宮の出入り口は二つあって、一つは行政区へ繋がる表口。もう一つは商人や旅芸人や楽師が出入りする裏口です。俺はいつも裏口から出入りしてて、衛兵には顔が利きますから、外へ出るのは問題ないかと……」

小声で説明しつつ歩みを進め、星深は突然足を止めた。

玲琳は危うくぶつかりかけ、急いで立ち止まる。

星深の体の横からちらと顔を出して前を見ると、そこに一人の男が腕組みして立っていた。

鍠牙だった。

「どこかへ用事か？　姫」

彼は薄く笑った。玲琳は舌打ちしたい気持ちを抑え、星深の前に出た。

「買い物に行くの。お前も来る？」

にっこりと笑みを返す。

「その男はあなたの何だ？」

視線を送られた星深は全身を硬直させた。

鍠牙は虚《うろ》のような目でじっと星深を見る。穴が開くほど見つめ……見つめ……見つめ……不意にぴくりと目を眇《すが》めた。

そのわずかな変化に星深は身震いし、

「私は先に失礼いたします！　里里様によろしくお伝えください！」

叫ぶように言い、鍠牙の横をすり抜けて逃げ出した。

鍠牙は星深の後ろ姿をしばし目で追っていたが、姿が見えなくなるとまた玲琳の方を向いた。

「帰るぞ」

短く言い、玲琳の腕を摑む。

「……里里はお前を誘惑するのに失敗したのね」

見つかってしまっては、もはやどう言い訳したところで外へ出ることなど敵《かな》うまい。鍠牙は脱力する玲琳を引きずって歩き出す。

「……あの男は何だ？」

歩きながら鍠牙は聞いた。

「あれは里里に仕える占星術師よ。私が金で雇ったわ」

ざっくりとした説明をする。鍠牙は相槌すら打たなかった。何か考えているように見える。

「疑いを呼ぶ行為だとは思わなかったか？」

「疑い？　間男と逃げ出そうとしている……とか？　まさか。そんな心配はしないわ。だってお前は、私がどんな人間か知っているでしょう？　お姉様とお母様と葉歌の次くらいに、お前は私をよく知る人間だわ。だからお前は、私がそんなことをしないと理解しているはずよ。それにお前は、例えば私が他の男に惹かれたところで、嫉妬などしないでしょう？」

心はいらないと、彼はいつも玲琳に言っているのだから。しかし鍠牙は皮肉っぽく笑った。

「俺はあなたを理解しているが、あなたは俺を理解していないようだな」

低く呟く。

「どういう意味？　少なくとも、お前の肉体のことであれば、私はこの世の誰より知っていると自負しているけれど？　お前自身よりもね」

やや挑戦的に言い返す。鍠牙は何も反応せず、玲琳の手を引いて歩いた。

彼が連れてきたのは玲琳の部屋だった。

諦めのため息をつき、玲琳は自分の部屋へ入る。

鍠牙はしばし部屋の外に佇み、聞いてきた。

「姫、入ってもいいか？」

「……ダメよ」

玲琳はいつものように答えた。いや、いつもより一拍間を置いてしまったかもしれない。

「そうか……」

鍠牙は呟き、玲琳の部屋へ足を踏み入れた。婚礼の夜以来、一度も入らなかったその部屋へ。

少なからず玲琳は驚いた。

「入ったら殺すと言ったはずだわ」

それは玲琳が最初に鍠牙と交わした約束だった。

「姫、人を殺したことはあるのか？」

鍠牙は目の前に立って聞いてきた。奇妙なほど表情がない。

玲琳は答えなかった。

「ああ……そういえば、あなたの造った蠱を使い、斎の女帝は皇帝の位についたんだったな。それはあなたが殺したことになるのか」

以前行った会談の際、玲琳が姉と話すのを鍠牙は聞いていたのだったと思いだす。

「だが……あなたはたぶん、俺を殺さないだろう？　だから俺は絶望している」

鍠牙の語りはあまりに淡々としていて気味が悪い。彼は玲琳と距離を詰め、玲琳の細い手首を摑んだ。色のない瞳が玲琳を射る。

「何？」

聞き返す玲琳から、全く目を逸らさず鍠牙は言った。

「あなたを抱けば少しは安心できるだろうかと考えていた」

「…………は？」

答えがあまりにも予想の斜め上だったので、玲琳はぽかんとした。

葉歌が斎から持ち込んだ、例の書物が頭をよぎる。

「……育ってくれないと無理だと言ったのはお前よ？」

「まあそうだな。姫は幼すぎる」

「……何が言いたいのか理解できないわ」

玲琳は苛立《いらだ》ち、掴まれていない方の手で自分の頭を乱暴に掻いた。

鍠牙はやはり無感情に、どうでもよさそうに、まるで道端の雑草について語るように、言った。

「俺はどうやら姫の心が欲しいらしい。だが、それが手に入らないことは初めから分かっている。ならば殺してくれればいいと思うが、姫は死すら与えてはくれないだろう？　だから絶望している。それだけだ」

今度こそ玲琳は愕然とするしかなかった。

第四章

夕日が沈み、部屋の中は暗くなっていた。

玲琳は毛皮の敷物の上に座り、壁に背を預けている。鍠牙がその膝にすがり、頭をのせて横たわっている。

苦しげに呻いている。

「薬を飲んで」

「……嫌だ」

いつもの解蠱薬を、鍠牙は飲んでいない。蠱師としての玲琳は、拒絶されたのだ。

鍠牙が玲琳の部屋に入ってから、実に十日が経っていた。

その間、鍠牙は玲琳の部屋に居座り続けたのである。

体調を崩したと言い、政務も行わず、依然行方のしれない夕蓮を追うこともせず、ただ苦しみながら玲琳の傍に居続ける。玲琳を傍に置き、決して離すまいとしている。

部屋に入れば殺すという玲琳の言葉は本気だったが、それは罰であって、死を求める今の鍠牙に与えても意味がないように思われた。

夕蓮の捜索はどうなっているのだろうかとか、里里と星深はどうしているだろうかとか、姉がこのことを知ったらどうなるだろうかとか、玲琳は色々なことを考えた。考えても分からないので、考えることをやめ、鍠牙のことだけを見つめている。

鍠牙は脂汗をかきながら玲琳を見上げ、そっと手を伸ばして玲琳の頬に触れた。

「姫……俺が好きか？」

彼はまた聞いた。

「ええ、好きだわ」

「はは……そうか」

鍠牙は力ないひきつった笑みを浮かべた。何の価値もないつまらぬゴミでも押し付けられたかのように。

玲琳の心が欲しいと彼は言った。しかし、幾度好きだと言っても彼が満たされることはないのだった。

「気に入らない？　では、何が欲しいの？　お前は私の何が欲しくて、私を拒むの？」

鍠牙が玲琳を本気で拒んでいるわけではないと、玲琳は分かっている。玲琳は己と、己を取り巻く環境を、卑下することも自惚《うぬぼ》れることもなく的確に判断できると自任している。残念ながらその判断に他者の賛同を得ることはあまりないが、少なくとも相手が自分に向ける感情を見誤ったりはしない。

彼はかつて玲琳の肉体と時間を欲し、今は心を欲している。ならば何故、玲琳を拒むのか——それが分からない。

「殺せば……お前は満足するの？」

「……この不安から解放されるだろうと思う」

「不安？　何が不安なの？」

「……さあな」

「……そんなに殺されたいのなら、私がお前を殺したくなるようにすればいい。私の蟲たちを今すぐ叩き殺してみなさい。私はお前を殺すでしょうよ」

すると鍠牙は馬鹿にするような目で玲琳を見上げた。

「あなたの大事なものを……壊すわけがないだろ」

そう言って鍠牙は目を閉じる。

玲琳は絶句した。

おそらく玲琳はこれまで、ここまで理解できない人間と対峙《たいじ》したことがなかった。

何という厄介な男……

「ねえ、厠《かわや》へ行きたいわ」

玲琳はぴしゃりと鍠牙の頰を叩いた。彼はかすかに目を開けて、「葉歌」と小さく呼んだ。部屋の戸がそっと開かれ、葉歌が静かに入ってきた。

厠へ向から道すがら、葉歌は真顔で言った。

「姫様……私が魁王を殺します」

玲琳は後ろを歩く葉歌をちらと振り返って笑った。彼女が本気で怒っているのだと分かった。葉歌がその気になれば、鍠牙の命は瞬く間に消されるだろう。

「必要ないわ。お前が心配することは何もないのよ」

「何故魁王を庇うんです？　蠱師の役割を奪われ、毒草園にも行けない。姫様から蠱師を抜いたら、何も残らないんですよ！　ただの抜け殻ですよ！」

玲琳は思わず立ち止まり、体ごとぐるりと振り返った。

「お前はいつも、蠱師である前にお妃様だというくせに」

「……そうですよ。そうあってほしいと思ってます。だけど、姫様はそうならないじゃないですか。それが姫様じゃないですか！　それを理解できない魁王に、姫様を妃にする資格なんかありませんわ！」

葉歌はほとんど泣きそうになっていた。玲琳は思わず破顔する。

「お前は……優しいね。大丈夫よ。私が蠱師でなくなるのは、死んだ時だけだわ」

ひらりと手を振り、玲琳は後宮と渡り廊下で繋がる厠へ入った。

用を足して部屋へ戻ると、中から陶器の割れるような音がした。

驚いて中へ駆け込む。鍠牙が部屋の端に立ち尽くし、足元を見下ろしていた。どういう事態が起きたのか分からないが、床に花瓶の破片が散らばっていた。

鍠牙はそれを無造作に拾おうと身を屈《かが》め、触れた瞬間かすかに手を引いた。指先から滴る鮮血。しかし彼は狼狽えるでも手当てするでもなくもう一度手を伸ばして今度は強く花瓶の破片を握った。強く……強く……その痛みを求めるかのように。

「お前、何をしているの？」

玲琳は距離を開けてその光景を眺めつつ尋ねた。

鍠牙は自分の手と玲琳をぼんやりとした目つきで交互に見やり、

「別に、何も」

妙に抑揚のない声で答えた。

さっきまで座っていた窓際に戻って腰かけ、おいでおいでと玲琳を手招きする。

玲琳はその動作に誘われ、彼の横へ座った。鍠牙は横たわって玲琳の膝へ頭を預ける。元の体勢に戻った。

「いつまでこんなことをしているつもり？」

「あなたはいつまで俺を許すつもりだ？」

鍠牙は逆に聞き返してきた。

「外にも出られず……蟲も放置して……平気なのか？　蟲が飢えて死にはしないか？」

存外理論的なことを言う。

「この程度なら問題ないわ」

術者から離れて数日で死ぬようでは、人を呪い殺すのに使えまい。

「で？　お前はいつまでこんなことを？　何が望みなの？」

玲琳はもう一度聞いた。

「……何も望んではいない。ただ、自分が望むものは決して与えられないのだと分かったから、こうしているだけだ」

言葉遊びのようで混乱しながらも玲琳は聞き返す。

「欲しいのは私の心？」

「……ああ」

鍠牙は暗い目で玲琳を見上げた。

「……夢を見た。あなたが全部俺のものになって、俺は何の不安も恐怖もなく、生まれて初めて自分を幸福だと感じた。そんな夢だ。……だが、それは叶わないだろう？　あなたの心の最奥に居座っているのは斎の女帝だ。あなたは姉以上に他の何かを愛してはいない。あなたは俺を姉より愛しはしない。それは分かっている」

夢という言葉に玲琳は覚えがあった。

鍠牙が悲鳴を上げて飛び起きた夜のことだ。夢を見たと彼は言った。

鍠牙は玲琳の膝を撫でる。

「斎の女帝からも、夕蓮からも、あなたが心を傾ける全てのものからあなたを遠ざけたい。それが無理なら、あなたを殺せば楽になれるのかとも考えた。だが……それだけはできないことも分かっている。ならば殺されれば楽になれると思った。俺は死ぬことも許されない人間だと思っていたが、あなたに殺されるのなら許されるはずだと……。だが、あなたは俺を殺してすらくれない」

「……お前は私に愛されたいの？」

「……うん、そうだ」

無感情な目が、玲琳にひたと据えられている。部屋の中は暗く、彼の表情を更に暗く見せた。

鍠牙は玲琳に愛されたいと言う。そのことに、玲琳は訳もなく違和感を覚えた。

彼の傷ついた手のひらから、ぽたりぽたりと血が滴る。その痛みを味わうかのように、鍠牙は傷に爪を立てていた。

その瞬間、彼の深淵《しんえん》を覗いた気がした。

「お前……よくもそんな嘘を吐くね」

ぽつりと零した言葉に、鍠牙は不可解そうな顔をした。彼は無自覚なのかもしれなかった。

玲琳は手を伸ばして鍠牙の頬を挟んだ。

「そうよ……お前は嘘ばかりだわ」

ここしばらく彼がおかしかった理由を、霧が晴れるかの如く理解した。

「お前が本当に望んでいるのは、私の心を手に入れることではないわね。お前が何より望むのは、痛みでしょう？　お前は……自分を罰していたいのね？」

思えば彼の行動は、おかしなものばかりだったのだ。

側室を迎えたくないと言いながらそれを受け入れ、玲琳と共に眠ることを求めながら寝所を追い出し、今や薬さえ拒んでいる。

これは彼が、己に与えた罰だ。

そもそも玲琳と出会うまで、この男はずっと自分を罰して生きてきたのだ。

蠱病に冒され、十年以上もの間苦しみ続けてきた。各国を探して高名な蠱師を呼び寄せれば、解蠱することは可能だったはずなのに、彼は母の蠱毒を解蠱しようとすることはなく、長きにわたりただ痛みに耐え続けた。

それは鍠牙自身が望んだことだったのだ。彼にはそれが必要だったのだ。

自分の存在が弟と許嫁を殺した。その犯人である母親を罰することもできない。

その罰を、彼は自分に与え続けなければ耐えられなかったのだ。

そうしなければ罪悪感に耐えられなかったに違いない。

自罰の極致――楊鍠牙がそういう人間であることに、玲琳は今気づいた。

それなのに、玲琳は彼から肉体の痛みを取り去ってしまった。

抱きしめ、温《ぬく》もりを与え……おそらく玲琳は鍠牙を幸福へ誘《いざな》ってしまった。

そうして彼は、玲琳の心まで欲した。今よりもっと幸福になることを、望んでしまった。

それに応え、死ぬまで共に眠るこの夜が続くと、玲琳は彼に言ってしまった。

彼は幸福な悪夢を見て、心から恐怖したことだろう。

あれが始まりだったのだ。

けれど玲琳は気づきもせず、その後も彼に言ってしまった。

彼の命を丸ごと自分のものにしてやってもいいと言ってしまった。彼が何より欲するものを、与えようとしてしまった。

だから彼は怯えたのだ。

安心感と幸福感こそが、彼を不安と恐怖に陥れる最大の要因。

玲琳は……彼を痛みから解放してはならなかった。

それは彼が自分に科した罰だったのだから。

間違ったと思った瞬間のことを思い出す。

玲琳は二人いないと彼は言った。玲琳が思っていたよりはるかに、彼は玲琳に執着していたのだ。玲琳はそれを理解していなかった。自分が彼を幸福にしてしまえる人間なのだと理解していなかった。

救われたい……幸福になりたい……玲琳の心がほしい……望めば望むほど、彼は罪悪感に引きちぎられる。不安と恐怖に苛まれる。

この男は、苦しみ続けなければ生きてゆけないのだ。

しかし彼にその自覚はない。今も訳が分からないという顔をしている。

彼は本気で、自分がただ玲琳の心を欲していると思っている。それを得ればさらに苦しむと気づいていない。

「なんて難儀な男なの……」

呟きながら、玲琳の唇は弧を描く。

まさに毒の塊だ。歪で、醜悪で、この世に二つとない毒……

「自分を許しておあげ」

玲琳は鍠牙の頰を挟んだまま言った。

「自分で自分を罰するようなことはもうやめなさい。お前は自分の望むままに、安全で温かくて安心できる場所に行ってもいいのよ。自分にそれを許しておあげ」

強く諭され、鍠牙は放心している。理解できていないのか、理解してしまったがゆえに動じているのか——

玲琳はにいっと笑って続けた。

「その代わり、私がお前を罰してあげるわ」

鍠牙の頬を甘やかすように撫でる。

「私だけはお前を痛めつけてあげる。お前が死ぬまでずっとずっと、罰を与えてあげる。お前がどんなに望んでも、私はお前を愛さない。お前が跪いて私の足に口づけしても、心の欠片すら渡してあげない。私がこの世の誰より愛するのはお姉様で、お前じゃないわ。お前の望むものなど与えない。私はお前を不幸にし続ける毒よ。その代わり……お前は自分を許してあげなさい。お前がどれだけ自分を許しても、私がお前を罰してあげるわ」

玲琳は、彼が毒でなくなることを望まない。

この毒の美しさと醜さを、他の誰も理解できまい。

幸福であれと人は言うのだろう。彼を大事に思う者は、不幸である自由を彼に許さない。

だから――玲琳だけは認めるのだ。

彼が己に不幸を科すことを認める。

自分が彼とどうなりたいのか、今ようやく分かった。

玲琳はきっと、彼を幸福にしないためにここへ来たのだ。

鍠牙は呆然と玲琳を見上げている。部屋が暗く表情が分かりにくい。

彼はそこで急に起き上がり、玲琳を床へ押し倒した。真上から見下ろし、

「姫……俺が好きか？」

彼は何度も聞いてきたその問いをまた投げかけてくる。

玲琳ははっきりと答えた。

「お前のことなど誰が」

すると不意に、玲琳の頰へぽつりと何かが落ちた。温かな雫のような何かだ。その正体が判明せぬうちに、鍠牙は勢いよく玲琳の上からどいた。顔を背け、けっして見せないよう立てた片膝に伏せた。かすかに肩が震えている。

「何故こっちを見ないの？」

玲琳は起き上がり、薄く笑いながら問うた。

鍠牙の震えがぴたりと止まった。

「……あなたのその無神経さは姉譲りなんだろうな」

顔を伏せたままぼそりと言う。

「ええ、人への接し方、振舞い方、いじわるの仕方、全部お姉様に教わったわ。今、お前の顔を見たいのよ」

玲琳がくすぐるように乞うと、鍠牙は嫌だとばかりに手を振った。その動きで、

さっき切った手のひらから血が散った。赤い粒が玲琳の頬を染める。

かすかに血の匂い。以前鍠牙が怪我をした時は、玲琳も冷静さを欠いていて気が付かなかったが、今ふと違和感を覚えた。ざわざわと胸の奥が蠢く。

玲琳は鍠牙の腕を摑み、真っ赤な手のひらを舐めた。

鍠牙がぎょっとして顔を上げる。

「……なん、だ？」

玲琳は答えず、何度も何度も彼の血に舌を這わせた。

口を閉じ、その味と匂いを全身で感じる。

心臓の鼓動が速まる。自分が恐ろしい間違いをしていたことに気付いた。

「……お前の血は夕蓮に似ているのね。でも、蠱師の匂いがしない」

「気持ちの悪いことを言うのはやめてくれ」

気持ちが悪いというのは血を舐め比べたことかもしれないし、夕蓮との類似を語ったことかもしれないし、あるいはその両方であったかもしれない。

摑まれた手を引いた鍠牙はもういつも通りの顔をしていた。

「私は蠱術から夕蓮の血の匂いがすると言ったわね」

「ああ、言ったな」

「だけど、本当にそうだったのかしら？」

「……どういうことだ？　間違いだったとでも？」

鍠牙の表情がにわかに険しくなる。

「血縁者の血は似た匂いがするわ。例えば夕蓮と血縁関係のある者が犯人だったら？　それが女で、蠱師だったら？　私はそれを夕蓮と間違えたかもしれない」

「あなたは何を言っているんだ。血の匂いで人を見分けられるわけがないだろ」

「？　お前こそ何を言っているの？　舐めれば匂いや味が分かるのは当然でしょう？　特に蠱師の血は強い毒だもの」

蠱師として当然のことを語ると、鍠牙は啞然とした。

「……まさかあなたは、あの女が犯人ではないと言っているのか？」

声が低まった。不気味な響きを帯びている。

「犯人はあの女だ。他の犯人がいるはずはない」

鍠牙は強く主張する。それが揺らぐことに対する不安がありありと見える。

対する玲琳も、自らの動揺を抑えられなかった。

夕蓮と紛《まが》うほどの蠱師が他にいる。喜びと恐怖がないまぜになったような感覚が全身を駆け抜けた。

「可能性は考えるべきだわ」

鍠牙は苦い顔になる。

「仮に別の犯人がいるとして、いったい何が目的だ？　こんな訳の分からないことをするような人間が、本当に二人もいるというのか？」

鍠牙は疑っている。彼は母親である夕蓮がどんな女かよく知っている。この訳の分からない事件は、いかにも夕蓮が引き起こしそうなことではあった。

「……明確な利点があるとしたら？」

玲琳は口元に拳を当てて思案する。

「得をする人間がいるのよ。人が愛情を失うことで」

「そんな馬鹿げた人間がいるとは思えんが……」

「……正確に言うなら、この術は愛情を奪う術というより、相手に魅了される心を奪う術。そうね……これで得をする人間がいるのかは分からない。けれど、この術によって大きく損をする人間なら一人いるわ」

「誰だ？」

鍠牙は険しい顔で聞いてくる。玲琳は薄く笑いながら答える。

「夕蓮よ」

途端、鍠牙は硬直した。彼はすぐ理解したに違いない。

夕蓮という女の恐ろしさは、愛情を喚起するところだ。誰も皆、彼女を愛さずにはおれない。人も……蟲も……。それは恋愛でも友愛でも家族愛でもなく、まさに相手を魅了するという能力だ。それを奪ってしまったら？　誰も彼女に愛情を抱かなくなったら？　夕蓮は完全に無力な女と化すだろう。

「お前は夕蓮を断罪したあの夜、彼女を殺さなかった。今まで誰も、夕蓮を殺せなかった。けれど……今ならあの化け物を殺せる者がいるかもしれないわ。そのために、こんな馬鹿げた事件を起こしたのだとしたら？」

鍠牙は真っ青な顔でごくりと唾をのんだ。

「犯人の目的は夕蓮を殺すこと――ということになるわね。ああ……だから夕蓮はここからいなくなったのね」


夕暮れ時の街を、一人の美しい女が歩く。

誰もが彼女を振り返った。

女は鼻歌を歌いながら舞うような足取りで人々の間を縫い歩く。

「夕蓮様、こちらへ」

後ろから壮年の男が声をかけた。

夕蓮を幽閉していた衛士だ。

「今日は暖かいところで眠れるといいわねえ」

呼ばれた夕蓮は鈴のような声で笑う。

「宿をとってあります」

「うふふ、ありがとう。あなたはあの子にそっくりねえ。私のために一生懸命になってくれて。やっぱり親子なのね」

夕暮れの茜《あかね》の中、衛士の顔に影が落ちる。

「そう思われるのなら、何故娘を殺したのですか。あの子は……夕蓮様を……」

「ええ、知ってるわ。『ずっとお傍にいたいです』『他の人を見ないで』『私だけを見てください』『あなたのためなら命なんていりません』あの子はいつも言ったもの。私が可愛がるものが嫌いだったのね。私の猫を虐めたりして。うふふ……可愛い子よね。だから最初に毒をあげたの。残念だったわねえ。玲琳がもう少し早く解毒剤を作ってくれれば、助かったかもしれないのにねえ」

禍々《まがまが》しいほど美しい笑みで、夕蓮は沈みゆく夕日を眺める。

衛士は何も言えず立ち尽くしている。

「ねえ……私を殺したい？」

「……娘はそのようなことを望みません」

夕蓮はがっかりしたように眉を下げた。

「なら仕方がないわね。じゃあ、行きましょうか」

玲琳は童女のような仕草で手招きした。

正気に戻り、鍠牙はたちまち部屋から出て行った。

剣呑な様子ではあったが、いつもの彼であるようにも思われた。自分を不幸に引きずり下ろす人間がいる。それだけで彼は安心できるのだ。こんな馬鹿げた男がいていいのかと玲琳は呆れた。

これまで通り部屋に入ってくることを許された女官たちは、玲琳の機嫌が直ってよかったと口々に言った。

甚だ不本意である。

おかしくなったのは鍠牙であって玲琳ではない。しかしながらこの後宮における玲琳の信頼度など吹けば飛ぶ綿毛のようなもので、長年かけて深く根付いた鍠牙の信頼度には及ぶべくもないのだった。

本当に甚だ不本意である。

玲琳が鍠牙の部屋でだらりとしていると、里里が訪ねてきた。

「お妃様、お呼びですか？」

「ええ、お前に頼みたいことがあるの」

「何でしょう？」

「私が街へ出るための手伝いをしなさい」

率直に命じた玲琳に、里里は無言を返す。反応がないのは珍しい。

「お前も知っている通り、あの占星術師と外へ出るのは失敗したわ」

「はい、存じています」

あれ以来、星深は鍠牙を恐れて後宮へ上がってこないという。

「お前が楊鍠牙の誘惑に失敗したからよ。いえ……そうじゃないわね。お前が密告したから……ね？」

玲琳が星深と外へ出ようとしていることを、里里が鍠牙に話した。そのことを、玲琳は鍠牙から聞いている。

「命令されなければ何もできないとお前は言ったわ。だけど、できたではないの。何がお前を動かしたの？」

しかし里里は答えなかった。

「まあいいわ。これから私に協力するなら、お前を許すわ。私を外へ出してちょうだい。お前の家の力を使えば、ここから女一人外へ出すくらいできるわね？」

「……お妃様は、外へ出て何をなさるおつもりなのですか？　買い物ですか？」

「夕蓮を捜しに行くのよ。すぐに見つけなければならないの」

「……何故夕蓮様を捜しに行かれるのですか？」

「あの女が命を狙われている可能性があるからよ」

　ぴくりと里里の眉が動いた。そんな些細な変化でも、彼女にとっては大きな変化に見える。玲琳の言葉に、里里はまぎれもなく反応していた。

「あれは私の獲物なの。他の蠱師に渡すわけにはいかないのよ。くだらないことをした蠱師にお仕置きをして、夕蓮を助けてあげなくてはね。ついでに犯人を捕らえて、この馬鹿げた蠱術を解かせるわ。手伝いなさい」

　玲琳が詰め寄ると、里里はしばし放心していたが、わずかに顎を引いた。

「分かりました。手配いたします。その代わり、私も共にお連れください」


　夕日がさし、部屋の中が赤々と染まる頃、里里は目立たぬ服を着て戻ってきた。

　その手には同じような服がもう一着。

　玲琳が急いでそれに着替えると、どこからどう見ても下働きの娘にしか見えなくなった。元々下女に間違えられがちな玲琳だが、いつも着ている服は斎の意匠で、少しばかり目立つことは否めない。この服であれば、王妃とは思われまい。

　とはいえ中身の玲琳自身は整って目立つ容貌をしていたので、人に会わぬよう道をならず、後宮の裏口へ向かった。

商人や出入りの業者や楽師などが使う裏口から、里里は玲琳共々、あっさりとそこを出た。玲琳の顔を見知っている衛士はいなかった。

王宮の周りにめぐらされた堀にかかる橋を越え、地面に下り立つとそこはもう庶民の行きかう街だった。

玲琳は圧倒される。人ならば、斎の方が遥かに多い。しかし玲琳は馬車の中から外を見たことしかなかったから、実際街へ出るのはこれが生まれて初めてのことだった。

「どちらへ行かれますか？」

里里は淡々と聞いてきた。

「夕蓮を捜すのよ。そのためにまずは果物が欲しいわ」

「お腹《なか》が空《す》いておられますか？」

「いいえ、蠱術に使うのよ」

いけずな鍠牙のせいで手持ちの材料は使いつくしてしまったし、結局買い物にも出られなかった。

星深がいれば街を案内してくれたはずなのにと、玲琳は臍《ほぞ》をかむ。

すると意外なことに里里が言った。

「……でしたら、市場へ行けばたくさんの品があります。少し歩かなければなりませんが」

「お前、街を案内できるの？」

「多少は存じております」

「頼もしいわね、案内して」

しかし里里はそこで少し考えこむように黙った。

「お妃様……市場で品物を求めるには、代金が必要になります。金貨や銀貨といった貨幣がそれにあたります。それがなければ品物を手に入れることはできません。市場に置かれているものはどれもみな無償では手に入らないのです」

玲琳は驚きのあまり顎を落とした。

「お前……私を何だと思っているの。その程度のことも知らぬ馬鹿だとでも？」

「ご存じでしたか」

里里は無表情ながらも、少しばかりほっとしたように息をついた。

「いくばくかの金銭は用意してあるわ。私の女官は小金持ちだからね」

コツコツ貯《た》めた金を無断で持ち出されたと知ったら、葉歌は怒り狂うか気を失うかもしれない。悪いとは思ったが、玲琳には他に金の当てがなかった。何しろ玲琳が所有する宝石は、国宝級の逸品ばかりで買い物に易々《やすやす》と使えるものではない。

「市場はどっち？」

「この通りを真っ直ぐ進むと、その先にあります」

「では行きましょう」

玲琳は真っ直ぐ歩きだした。

曇天の空からちらちらと白いものが舞い落ちてくる。見上げると、吐き出した息が湯気のように白く立ち上った。自分が温かな料理になった気分だ。

下を見れば、道の端々に雪の層が見て取れた。道の真ん中は雪かきがされていたが、端によけられた雪はもしかすると、春まで解けぬのかもしれない。

「この国は寒いわね」

斎では真冬のほんの一時期しか感じられない寒さだ。

「斎に比べれば暮らしにくく不便な土地であると存じます」

玲琳の真後ろを歩いていた里里が答える。堅苦しい言い方に、玲琳はくっと笑った。

「斎が暮らしやすい場所であったことはないわ。私は皆に嫌われていたし、嫌われている自分を改めることをしなかったからね」

「……お妃様は、自分が異端であることを恐れないのですね」

「まず、私は特に異端ではないということを強く言っておきたいけれど、そこを聞き流して答えるならば、私が恐れるのは私が私でなくなることだけよ」

当たり前のように答える。玲琳は前しか見ていなかったから、後ろを歩く里里がどんな顔をしていたのかは分からない。きっとお決まりの無表情だろうけれど。

彼女はしばらく黙ってついてきた。足音だけはすぐ後ろから聞こえてきていたので、黙っていてもそこにいることは分かった。

おそらく貴族や官僚たちの屋敷が建ち並んでいるのであろう場所を通り抜けると、にわかに人通りが多くなる。たくさんの品物が置かれた商店が立ち並び、賑《にぎ》わっている。しかし何やら、ぎすぎすした雰囲気もあった。言い争いをしている男女が所々にいるのが気にかかる。

「ここが市場？」

「はい、ここからしばらくは商店が並んでいます。魁で最も人の多い場所かと」

「お前、詳しいわね。ここへ何度も来ているの？」

玲琳は立ち止まって振り返った。

良家の娘である里里が、市場へ足しげく通うところはあまり想像できない。

「……子供の頃、来たことがあります」

「そう、果物はどこで買えるか分かる？」

「私もはっきりとは覚えていません」

「それじゃあ歩きながら探しましょう」

玲琳は辺りの商店をきょろきょろと見回しながら歩いた。少し行くと、果物が山積みになった露店を見つける。

「あら、綺麗ね。ここがいいわ」

玲琳は地面に置かれた果物籠の前にしゃがんだ。

丸々とした蜜柑《みかん》を一つ手に取り、しげしげと眺める。

「お嬢ちゃん、一つどうだい？」

露店の店主がにかっと笑いながら声をかけてきた。

「不思議ね……。私は斎にいた頃、お姉様に何でも与えられたわ。だけど、ここには私が今まで生きてきた中で見たよりずっと多くの物があるのね。それなのに、今の私は正当な代価を支払わないとこれを手に入れられない。目の前にあるのに、これは私のものじゃないんだわ。不思議ね、斎の後宮にいた私と、今の私は、どちらがどれくらい不自由なのかしら？」

独り言のように呟く。おかしな娘だと思ったのか、店主はもう話しかけなかった。

「蜜柑を買うのですか？」

里里が小声で聞いてくる。

「傷がないのがいいわね」

玲琳は一つ一つ手に取って、ひっくり返して確かめた。

里里がそんな玲琳の隣にしゃがみこんだ。

「……子供の頃、ここへ来た時、干した果物を買ってもらったのを思い出しました。先ほどはお妃様にああ言いましたが、子供の頃の私は、買い物の方法を知らなかったのです」

お妃様という単語を特に小さくして里里は続ける。

「勝手に商品を食べてしまい、店主に咎められました。私をここへ連れてきてくれた方がそれに気づいて、代わりに謝ってくださったのです。自分がいるから何も心配しなくていい。何があっても守ってあげるから……そう言って、私の頭を撫でてくださいました。あの方は……姜家の中で居場所のなかった私をいつも案じてくれていて、街へ連れ出してくれたのです。お父様に怒られることは分かっていたはずなのに」

「お前はその相手を好いていたの？」

玲琳は難しい顔で蜜柑を吟味しながら聞いた。

「………好いていた……では、ありません」

いつも平坦《へいたん》な里里の声が、硬質な響きを帯びる。玲琳は己の言葉の誤りを察する。

「好いていたではなく、今でも好いている……が正しいのかしら？」

「……無意味なことです。あの方は私のものにはなりません」

自分は誰も好きにならない――そう言っていた彼女が、初めて違うことを言った。

「だから心を殺したの？」

「……恋は毒です。あれは人を不幸にします。人を愛する心がなければ……恋さえなければ……人は苦しまずにすみます」

「……お前は……想い人と結ばれぬ自分と違って、心を通わせている人たちを憎んでいるの？」

玲琳は蜜柑を片手に里里を見た。

「いいえ、憎いなどと思ってはいません。ただ、可哀想だと思いました。恐ろしいと思いました。救ってあげなければと思いました。恋は辛く苦しいものです。愛は危険で恐ろしいものです。私は自分にこんな感情がなければ……あの方を想うことがなければ……苦しまずにすみました。私があの方を想うことで得たものは、痛みだけでした。お妃様……人に恋は必要ですか？」

お妃様という言葉を、今度は普通の音量で言ったので、露店の店主が怪訝な顔をした。ヤバい二人だと思われているのかもしれない。

玲琳はしばし考え、答えを出した。

「必要ではないわ。恋が生きるために必要なものならば、私は今すぐ死なねばならないもの」

たちまち里里の目元が緩んだ。出会ってから一番、今の彼女は表情豊かだった。それでも他の人に比べれば、人形めいた無表情に見えただろうけれど。

「お妃様はそう言ってくださると思っていました。お妃様は無理やり他国へ嫁がされ、愛してもいない陛下の妃になったお方。どれほどお辛いことだっただろうと思います。お妃様はお可哀想な方です。私は……お妃様のことも救って差し上げたいのです」

「ふうん？　どうやって？」

やや挑発するような流し目で、玲琳は先を促した。

里里は傍らの玲琳に身を乗り出して、囁くように言った。

「この世に……全ての人間の心に愛や恋がなければ、人は苦しまずにすむのです。私はこの世の全ての人を救いたい。お妃様、私があなたを救って差し上げます」

途端、玲琳は瞠目した。真ん丸な目で里里を見つめ返し、ややあって弾けるように笑い出した。あまりに唐突な笑い声に、辺りの人々が振り向く。玲琳は構わず笑った。

「お前、とんでもない女ね。やっぱり私はお前が好きだわ。私は馬鹿が嫌いだけれど、馬鹿もそこまで行くと見事よ。お前は自分の痛みを胡麻化《ごまか》すためだけに、この世を道づれにしようというの？」

玲琳は立ち上がり、選んだ蜜柑の代価を店主に支払った。ようやくけったいな客が去ると知り、店主は安堵の表情を見せる。

が——玲琳は立ち去るどころかどっかりと地面に胡坐をかいた。

「ひいっ！　お嬢ちゃん！　もう帰ってくれよ！」

店主の憐れな悲鳴が寒空に響くが、玲琳はその場から動かなかった。

持ってきた荷物の中からすり鉢やすりこ木を取り出す。そこへ様々な薬剤を注ぎ、最後に蜜柑の皮を入れる。

陳皮《ちんぴ》というのは蜜柑の皮を干して作る薬だが、玲琳は生の皮も好んで使う。

どろどろの液体とも固体ともつかないそれに、指先を噛んで出した血の球を数滴落とす。その物質はたちまち鮮やかな青に変じ、さらりとした液体になった。

「……何をなさっているのですか？」

「夕蓮を捜すと言ったでしょう」

「蠱術というのはそんなこともできるのですか？」

「いいえ、人捜しなどできないわ。だから夕蓮を呪い殺す毒を作っているのよ。蠱師にできるのは毒を生むこと。ただそれだけだからね」

その毒で人を殺すか人を救うかは、その蠱師が何をしたいかによるだろう。

玲琳が腕を持ち上げると、袖口から巨大な蛾が飛び出してきた。

周りで玲琳の奇行を見ていた街の人々が一斉に悲鳴を上げる。

「うわあああ！　化け物！」「なんかでぶい化け物だ！」「ひいいっ！　何だあれ！まさか……蠱毒？」「蠱毒だ！　蠱毒がいるぞ！」

騒ぎ立てる人々に、玲琳は侮蔑《ぶべつ》的な目を向けた。

「姦《かしま》しいわね。この美を何故理解できないの」

やれやれと嘆息し、作り上げた毒薬を蛾蠱に飲ませた。玲琳の腕にとまっている蛾蠱の羽がぶるぶると震える。

玲琳は蛾蠱の額のあたりに人差し指を当てた。

「お前は下僕、愛すべき友。私が求めるものはかの者の血と苦痛よ。さあ、血の香をたどって宿主を見つけなさい」

蛾蠱に飲ませた毒の中には玲琳の血がまぜてあり、玲琳の中にはまだ、以前舐めとった夕蓮の血が残っている。玲琳は蛾蠱に夕蓮の血を与えたのだ。

ひらり……と、蛾が空に羽ばたいた。冬の空を飛ぶ巨大な蛾。

悲鳴がさらに大きくなり、露店や商店の並ぶ通りから人が蜘蛛の子を散らすかのごとく逃げてゆく。

歩きやすくなった通りを、玲琳は蛾蠱を追って歩き出した。

「夕蓮様を見つけたら、どうなさるおつもりですか？」

すぐ後ろをついて歩きながら里里が聞いた。玲琳は蛾蠱を目で追いながら答える。

「もちろん保護するわ」

「何から？」

「……今なら夕蓮を殺すことができるわ。夕蓮を愛する者はこの国にいない。あの女は人に愛されなければ何も成せない。そういう化け物。そしてお前はあの女に、姉を殺されているわ」

玲琳はそこで立ち止まり、里里を振り返った。

「お前の血を舐めさせてちょうだい」

「……何のためにですか？」

「お前が蠱術を使った犯人かどうかを確かめるためよ」

そう告げても、里里は特に驚いたりしなかった。

「夕蓮と似た匂いがする……あの女と血の繋がりがある女。蠱師の素質を持つ血筋の女。あの後宮に、そんな女はお前しかいないの。それにお前は、私が占星術師と街へ出るのを邪魔したわ」

彼女は恋を毒と呼んだ。この街の今の有様が、彼女の望んだ姿だということだ。愛を失った男女が傷つけ合う。この姿を彼女が求めた。

「お前が犯人であれば、お前は恋を滅ぼすことと、夕蓮に復讐すること。この二つの目的を同時に遂げることができるわ。血を舐めさせて」

瞬間、里里の口元がかすかに動いた。ほんの少し弧を描く。非常に分かりにくい些細な変化。ごく一般的な言い方をするのなら、里里はおそらく笑っていた。

「私が蠱師だったら、どうするのですか？」

「お前が犯人だと確定したら、お前を殺すわ」

玲琳は軽やかに笑った。玲琳はこの言葉を冗談で使ったことがない。殺すと言ったらそこには確実に殺意があった。

「お前は私の記憶を盗った。お姉様への愛を奪ったわ。殺すに足る理由だと私は思っている。この類の術は通常、術者を殺すと術が解けるものよ。お前を殺せば、奪われた私の想いは返ってくるはず。だから殺すわ。異論ないわね？」

相手が承知するのは当然だと言わんばかりに問いかける。

しばらく無言で玲琳を見つめ返し、里里はぽつりと零すように言った。

「お妃様は……一つだけ間違えていることがあります」

「何かしら？」

「私は……母の連れ子です」

「それが何？」

「父とは血が繋がっておりません。姜家の血を引いていません。兄とも、姉とも、他の誰とも血が繋がっていないのです」

玲琳は眉を顰めた。この女――今何と言った？

この女が姜家の血を引いていない。つまり――

「私は夕蓮様と血が繋がっていません」

蠱術は夕蓮の血の匂いがした。それゆえ夕蓮と血の繋がった蠱師の犯行だと玲琳は思った。だが、里里は夕蓮と血が繋がっていない？

「お妃様、私は蠱師ではありませんよ」

「だめじゃないですか、里里姫。余計なことを言っちゃあ」

突如背後で軽快な声が聞こえた。

玲琳は驚いて振り返る。間近に、ここしばらく姿を見ていなかった占星術師の星深が立っていた。

「久しぶりですね、お妃様」

「久しぶりだわ、何の用？」

「あなたをさらいに来ました」

あまりにも穏やかに言われ、一瞬意味を捉え損ねた。数拍かけてその言葉を理解し、玲琳は首をかしげる。

「何故？」

「それは——蠱病を蔓延させた蠱師が、俺だからです」

にこりと彼は綺麗な笑みを浮かべた。

彼の肩に、黒々とした烏《からす》がとまっていた。その気配は、玲琳がよく知る蠱のそれだ。

玲琳は呆然とする。この男が蠱師である可能性を、玲琳は考えなかった。玲琳にとって、男の蠱師などほとんどいないというのが当たり前だったからだ。蠱師であれば女だと、自然に考えていた。

「あなたが外へ出てくれてよかった。これであなたをさらえます」

「……私をさらって何をしようというの？」

「夕蓮をおびき出す囮《おとり》にしたいんですよ。悪いけど一緒に来てください」

星深は王太后の名を平然と呼び捨てにした。今までの彼とは違う、攻撃的な圧力を感じる。星深の肩にとまる鳥がガアガアと鳴いた。どす黒い気配が辺りに満ちてゆく。

「断るわ」

玲琳はきっぱりと言った。腹の底からざわざわとした感覚が沸き起こる。

玲琳は彼の言葉を疑っていなかった。生まれて初めて玲琳を侵略した蠱師が、目の前に立っている。突然の告白を受けて感じたのは恐怖や警戒心ではなく、この男を叩き伏せたいという強烈な欲求だった。

高揚感を抑え込み、玲琳は一度深呼吸して星深を見据えた。

「私の蠱は強いわよ。お前の毒で太刀打ちできるかしら？」

挑発するように言う。が、星深は肩をすくめた。

「無理でしょうね。あなたと俺じゃあ格が違う。あなたの蠱に俺の蠱は勝てません。あなたの呪い返しを更に返すために、俺は百の蠱を失った。俺はあなたが呪い返しをする場にいて、その方法を全部見ていたのに……。割に合いませんよ」

「それなら諦めるのね」

「確かに蠱師の俺は蠱師のあなたに敵わない。だけど……ただの男の俺は、ただの女の子でしかないあんたを連れ去るのに大した力はいらないんだよ」

言うなり星深は玲琳の腹に思い切り拳を叩きこんだ。

ぐっと呻き、玲琳はその場に頽《くずお》れる。息が詰まり、目の前が真っ白になった。


意識が戻ると、玲琳は粗末な小屋の中に横たわっていた。

「目が覚めましたか、お妃様」

すっかり日が落ちて暗くなった小屋の中、星深が椅子に座って玲琳を見下ろしていた。肩には黒い鳥が一羽。

起き上がって小屋の中を見回すと、星深の対角線上に里里が正座している。人形のように身動きもせず黙っている。

そして天井の梁《はり》に、縄でぐるぐる巻きにされた玲琳の蛾蠱が吊《つ》るされていた。まるで巨大なミノムシのようにぶらんぶらんと揺れている。

小屋の中には人が暮らしている形跡があった。星深が暮らす部屋なのかもしれない。

星深は立ち上がり、逃げ出すことを防ぐよう粗末な戸の前に陣取った。

「あんたは夕蓮を呼び出す囮だ。おとなしくしててくれ」

「……私を囮にしたくらいで夕蓮が来ると思うの？」

「ああ、思う。夕蓮はあんたを気に入っているんだろう？　あの後宮のことは何でも知ってる。女は姦しいからな」

星深は憎々しげに笑った。

「実のところあんたには、感謝しているんだ」

「……お前に感謝される覚えはないわよ」

何の心当たりもない。が、星深は皮肉っぽく笑った。

「俺は八年前にもこの国にいたと言ったよな。その時、俺は夕蓮にこの国を追われた。あの忌々しい猫どもが、俺を夕蓮から遠ざけたんだ。俺は八年間、この国に近づくことすらできなかったよ。だけど少し前、突然あの猫どもがいなくなった。なあ、蠱師のお妃様、あの猫を始末したのは……あんただろう？」

「始末したわけじゃないわ、奪ったの。あれは今私のものよ」

玲琳はにいっと笑う。星深は口笛を吹いた。

「あんたはやっぱり恐ろしい蠱師だ」

「お前たちが共犯者だということすら見抜けなかった無能者よ」

玲琳はじろりと里里を睨んだ。里里は何も言わず、星深が代わりに応じた。

「この世には恐ろしい偶然ってものがあるのさ。里里姫は顧客の一人でしかなかったが、望みを聞いて驚いた。動機も立場も違うが、目的が同じだった。俺は夕蓮を無力な女にするため、里里姫はこの世の人々を恋という毒から救うため。人の心から愛を失わせたいと願ってた」

玲琳はようやく納得がいった。彼の行動には全て理由があったと分かる。

「お前は王宮に入るために里里と手を組んだのね。王宮お抱えの占星術師になりたいと言ったのも、自由に王宮へ出入りするため。夕蓮に近づくためだけに」

「残念ながら夕蓮は逃げてしまったけどな。俺はどうしてもあの女を捕まえなくちゃならないんだ。だからお妃様、死んでください」

死という言葉を使われても、玲琳は冷静だった。目の前の男が本気で言っていることは分かったが、不思議と恐怖はなかった。

「お前は私の死で何を得るの？」

「お気に入りのあんたを殺した俺を、夕蓮は許さないだろう。必ず俺を追ってくる。これ以上逃げはしないはずだ」

暗い笑みを浮かべる星深を、玲琳は真っ直ぐ見つめた。内側を覗き込むように。

「これだけの蠱術を使うには、多くの力が必要だったでしょうね。お前は化け物じゃないわ。あの女とは違うのよ。ねえ……都中に蠱術を蔓延させるために、お前はどれだけの血を蠱に与えたの？」

久々に見た彼の顔色は、酷く悪い。血が足りていないのだ。

「お前にとって、この術は命がけのものだったのじゃない？　そこまでして夕蓮から力を奪いとって、何をするつもり？　お前は……夕蓮を殺したいの？　それは夕蓮が憎いから？　それとも、夕蓮を愛しているから？　お前はあの女の何なの？」

彼の夕蓮に向ける感情は、とても普通ではないと思えた。

星深は真っ直ぐに問うた玲琳を嘲笑った。

「里里姫によると、恋は毒だそうですよ。里里姫は正しい。こんな感情は人を滅ぼすだけだ。あんたが羨ましいよ、お妃様」

「何故？　お前たちは自分を誇るといい」

玲琳は星深と里里を見やる。

「この世の全ての毒は等しく美しいわ。恋が毒だというのなら、その毒を知るお前は誇るといい」

「ははっ……あんたはどこまでも蠱師だな。だけど、恋の何たるかをあんたと語ったところで何の意味もない。あんたは俺を救えない。あんたはただ……死んでくればいい」

星深の肩に止まる烏が翼を広げた。

「困ったわね……私が死んだら壊れてしまう患者が一人いるのよ。だから私は、死んでも死ぬわけにはいかないの」

玲琳は軽く手を挙げた。

「おいで！」

強く呼ぶと、今までミノムシ宜《よろ》しくぶら下がっていた蛾蠱の目がカッと光った。縄をするりと抜け出し、蛾蠱は羽ばたき一つで玲琳のもとへやってきた。そして玲琳の腕をがぶりと齧《かじ》る。痛みと共に血がすすられた。

この世で最も強い穢れを宿す蠱師の血を大量に飲み、蛾蠱はぶるりと身震いした。開いた翼が次第に大きくなり、丸い体がシュッとした。人間が両腕を広げたほどの大きさになり、蛾蠱は星深に襲い掛かった。

同時に、星深の肩で羽を広げていた烏も羽ばたいた。

蛾蠱に向かって飛び掛かる。その衝突は一瞬だった。一瞬後、烏は黒い羽を散らしながら床に落ちていた。蛾蠱は速度を緩めることなく星深に襲い掛かり、その首筋に牙を立てた。致死量の毒が注がれる。

「ぐあっ……！」

星深は呻いて倒れた。

蛾蠱は優雅に羽ばたき、玲琳の肩へ戻ってくる。

星深は口を大きく開けて苦しげに荒い息をし、しかししばらくすると立ち上がった。

「お妃様……蠱師に蠱毒が効くとお思いで？」

青ざめた顔ながら、彼は確かに息をしていた。

「なら……効くまで延々食べさせてあげるわ」

玲琳は獰猛《どうもう》な笑みを浮かべる。

星深はぎりと唇を噛みしめ袖に手を入れた。新たな蠱を出そうとしている。が、次の瞬間、彼の背後にあった粗末な戸が吹っ飛んだ。

その衝撃で星深は床に倒れる。

ずいぶんと古い扉だったのだろう。壊れた入り口から入ってきた人物を見て玲琳は驚いた。入ってきたのは剣を携えた鍠牙だった。服装はいつも後宮でくつろぐときのそれなので、酷く違和感がある。彼はどうやら、思い切り足で戸を蹴飛ばしたらしい。

鍠牙は無言で近づくと、星深の脚へ無造作に剣を突き立てた。

星深は絶叫する。鍠牙はうるさそうに顔をしかめた。

「黙っていてくれ。驚いてまた刺してしまうかもしれないだろ」

淡々と諭す鍠牙から離れるように、星深は体を引きずって部屋の端へ逃げた。

「何で……ここが分かったんだ……」

「ああ、お前と後宮で会った時、すぐに怪しいと思った。だから調べた。ここにお前が住んでいることも、出入りしている場所も全部」

「会ってすぐだと？　どうしてだ？」

「逆に聞くが、何故分からないと思う？　俺はお前を覚えているぞ。ずっと前、俺はお前に会ったことがある」

追い詰めるように言う鍠牙に、星深はぎりと歯嚙みした。

「八年前、お前は明明の呼んだ占星術師として後宮へ入ったな。歳を取らないのは血筋なのか。お前は姉にそっくりだ。夕蓮の弟で、俺や利汪や明明の叔父、姜白蓮」

◇◇◇

姉が異常な生き物であることは幼いながらに知っていた。

祖父が、父が、兄が、母が、使用人が、獣が、あらゆる生き物が姉に惹かれた。

無論、白蓮も。

毎日抱きしめられて眠る、自分こそが最も彼女に愛されているのだと感じる。

しかし十二歳の時、嫉妬にかられた父に捨てられた。遠い田舎の村へ追いやられ、姉と会うことは叶わなくなった。

ほどなく、姉が王妃となったことを知る。

頭がどうにかなりそうだった。

姉を取り戻したい。そのためには力がいる。

憎い相手を呪い殺す力だ。

村には蠱師の老婆がいた。

そして白蓮には蠱師の才があった。

男にはほとんど伝わらぬはずの蠱師の血が、白蓮には確かに流れていた。

蠱師は人を殺すものだ。

死を金に変えるものだ。

その存在を証明するかの如く、殺して、殺して、殺してきた。

長い歳月をかけ、白蓮は名を変え、星深と名乗り、姉の囚《とら》われている王宮へとたどり着いた。今から八年前のことだ。

そのために、姪《めい》である姜家の明明に取り入った。

会ったことのない姪は、無論星深の存在を知らない。

姉を王に差し出した姜家が、姉を奪った王が、そして何より……姉の産んだ子が、憎くて仕方がなかった。

一度だけ、星深は占い師として、姉の産んだ王子に会った。その場で殺してやりたいとすら思った。

しかしそれは叶わず、星深は姉に拒絶される。

一目会うこともできぬまま、猫鬼に追い立てられて王都から追い出された。

憎しみは募る。

姉に会いたい。彼女を自分の手に取り戻したい。もう長いこと会ってもいないのに、想いは消えることがない。

想いは憎しみに変わり、憎しみは呪いになった。

それから八年かけ、想いはもう消しようのないところまで膨れ上がっていた。

この憎悪を消す方法はもう、一つしか残っていなかった。

◇◇◇

「八年前に会った時、お前と夕蓮が血縁者だとすぐに分かった。お前は姉に似ているからな。顔も、声も、仕草も、何もかもがよく似ている。あの女に生き別れの弟がいることは知っていた。お前がそうなんだとすぐに分かった。あれ以来会わずにいたから忘れていたが……先日顔を見て思い出したよ。正直、お前と夕蓮が手を組んで何か企《たくら》んでいるのかと思ったが……違ったようだな」

鍠牙は冷ややかに言った。

玲琳は少し意外に思った。玲琳の目から見て、夕蓮と星深はあまり似ていない。だが、息子である鍠牙には共通点が感じられたのだ。

「……久しぶりですね、鍠牙様」

星深は苦しげに呻きながら言った。

「ああ、久しぶりだ」

鍠牙は剣を振り上げる。しかしじっと見ている玲琳に気づき、剣を下ろした。

「利汪」

外へ声をかけると、側近の利汪が渋い顔で入ってくる。彼はてきぱきと叔父に縄をかけた。

「相応の処分は覚悟しておくんですね」

そう言い、星深を立たせる。星深は刺された脚でよろめきながら立ち上がる。

鍠牙は星深を利汪に任せると、玲琳に近づいてきた。

「……俺が何を言いたいか分かるか？」

「私が無事でよかった――かしら？」

たちまち鍠牙はしかめっ面になる。

「あなたにはほとほと呆れる。勝手に外へ出て、勝手に危険な目に遭って……正直俺はあなたの四肢を切り落として部屋に閉じ込めておきたいとすら思う。はらわたが煮えくり返りそうなほど腹が立っている。が……姫が無事でよかった」

不愉快そうに言われて玲琳は小さく笑った。

「この子がいたから大丈夫よ」

軽く上げた手に、大きな蛾蠱が止まった。

「前に見せた子よ。覚えているでしょう？」

「あれか？　あの丸いのが急にシュッとしたな」

「綺麗でしょう？」

「蠱はもういい、後宮へ戻るぞ」

鍠牙はうんざりしたように玲琳の腕をつかんで、小屋から出た。

少し離れたところに馬が繋がれている。かなり慌てて駆けつけたのだと分かる。

「あなたは馬に乗れるか？」

「ええ、乗れるわよ」

生き物はたいてい得意だ。毛並みの良い馬に近づき、玲琳は途中で足を止めた。

とっぷりと日が暮れた暗い路地の向こうに、月光を受ける白い人影があった。

「夕蓮！」

玲琳は叫んでいた。

鍠牙が、利汪が、里里が、そして星深が、一斉に彼女を見た。

白い仙女と見まごう姿で、夕蓮は歩いてくる。

「こんばんは、みんな元気ね」

彼女はひらりと手を振った。

途端、後ろ手に縛られていた星深が、利汪の手を振り切って夕蓮に突進した。

そして、彼女の目の前に倒れる。地面に伏し、泥にまみれ、星深は叫んだ。

「姉上……姉上！　姉上えええええ!!」

絶叫する星深の目の前に、夕蓮は柔らかな微笑みで膝をついた。星深はそんな姉の膝にすがった。

「ああ……どうかお願いだ。もう……耐えられない……姉上……姉上！　もう……許して……俺をあなたから解放してください。想いが消えないんだ……助けてくれ……姉上……どうか……俺を殺して……！　これ以上あなたを……愛していたくないんだ……！　俺を殺してくれっ……!!」

夕蓮は優しい手つきで弟の頭を撫でた。

玲琳はその光景に啞然とする。彼の本当の願いを玲琳はようやく知った。

「お前は……夕蓮を殺すために蠱術を使ったんじゃなかったのね。夕蓮に、殺されるために蠱術を使ったのね。夕蓮に会うのを誰にも邪魔されないように……」

姉と再び会って、その手で殺される。ただそのためだけに使われた蠱術。

夕蓮はふわりと笑った。

「そうだったの……分かったわ、私の可愛い白蓮。本当は……あなたが私を殺してくれるのかもと思って、邪魔されないよう後宮から出てきたんだけど、あなたも私を殺せないのね。なら仕方ないわ。いいのよ、許してあげる。あなたは可愛い弟だもの」

夕蓮は彼の頬を優しく撫でた。突如星深の首筋を刺した。星深は女神にすがるかの如く目を閉じる。と――そこに一匹の蜂が飛んできて、突如星深の首筋を刺した。ほんの数拍だった。彼は地面に倒れ伏し、息絶えていた。安らかに眠るような死に顔をしていた。

死体となった彼の体からいくつものぼんやりとした光が立ち上った。夜空を淡く照らし、四方へと散ってゆく。そのうちの一つが玲琳の中へ吸い込まれた。

姉の美しい爪にうっとりと見入ったあの時の感覚を、玲琳はありありと思いだした。

「夕蓮様！　何ということを！」

利汪が叫んだ。鍠牙は険しい顔で拳を握っている。

「あら怖い。私、何もしていないわ。この子は蜂に刺されただけよ」

いつもの優美な顔で、闇へ飛び去る蜂を見送る。

利汪は悔しげに唇を噛んだ。彼女を断罪する証拠は、どこにもなかった。

夕蓮はくすくすと笑った。

「この子が望んだことよ。それに……秘密をしゃべられたら困るもの」

最後に小さな声でぽそりと言ったその言葉を、玲琳だけが聞いていた。


国中に平和が戻った——とは、言い難い。理不尽に別れを告げられたものは心に傷を負ったであろうし、すぐに元通りとはいくまい。

それでも奪われた情は全て持ち主のもとへ戻った。

昼下がり、玲琳は饅頭を持って後宮の奥にある離れを訪ねた。

裏手にある窓の下へ行くと、いつも通り夕蓮が顔をのぞかせた。

彼女は再び、この場所へ監禁されたのだ。

「秘密とは何？」

玲琳は率直に聞いた。星深が死んだ夜、彼女は確かにそう言った。まるで玲琳にだけ聞かせようとするみたいに言ったのだ。

「何のこと？」

夕蓮は嬉しそうに笑う。

玲琳は彼女に饅頭を一つ渡し、言った。

「私はずっと違和感があったの。その正体に、気づいたかもしれないわ」

玲琳はしばし口を噤んだ。恐ろしいことを口にしようとしている気がした。

「姜明明は何故死んだの？」

「ふふ、何故かしらねえ」

「夕蓮、お前はもしかして……明明を殺していないのではない？」

思い返してみれば、夕蓮が明明を殺したと断言した記憶がない。

他の罪に関しては平然と語っていたが、明明のことに関してだけは、自分が殺したと口にしていないのだ。鍠牙が夕蓮を断罪したあの夜もそうだ。明明を殺したと彼女は言わなかった。そのことに関してだけ何も言っていない。

基本的に夕蓮は正直で、嘘を吐かない。意図的に言わなかったのだとしたら、それは殺したと言えば嘘になるからではないのか？

「うふふ……あなたになら教えてあげてもいいわ。だけど……鍠牙にだけは言わないって約束してくれる？」

「……ええ、いいわよ。誓うわ」

「明明はね……鍠牙のせいで死んだの」

「あら、なあに？」

◇ ◇ ◇

その日、明明は後宮へ遊びに来ていた。

泊まっていたらしく、深夜、明明は夕蓮の部屋を訪ねてきた。

「夕蓮様、私はたぶん、もうすぐ死にます」

部屋に入るなり明明は言った。

「どうして？」

「鍠牙の部屋に、ゴキブリがいたので」

「あらやだ」

「私は嫌な感じがして、それをこう……がしっと捕まえたんです」

「……素手で？」

「素手で」

「あらまあ」

「すぐに分かりました。これは呪いの産物だって。誰かが鍠牙を殺そうとしたんです。何で分かったんだろう……あんなものは初めて見たのに。でも確かに分かったんです。このまま放したら、これは鍠牙を殺すと思いました」

「あら怖い……それで？」

「だから私、そのゴキブリをこう……がぶっと」

「……食べたの？」

「食べました」

「…………」

「自分が呪われたんだと、食べた瞬間分かりました。もうかなり苦しいので、すぐに死ぬと思います。だから夕蓮様に、お願いがあります」

「お医者様を呼ぶ？」

「いいえ、私が死んだら、鍠牙を庇って死んだということを隠してほしいんです。病気か何かで死んだということにしてほしい」

「どうして？」

「自分のせいで私が死んだなんて、鍠牙の精神で耐えられると思いますか？　無理ですよ。あの子は耐えられない。あの子は私の子分だから、私はあの子を守ってあげなければ。それにたぶん、犯人をここへ連れてきたのは私なんです。星深という名前の占星術師。何故鍠牙を狙ってるのか分からないけど……。夕蓮様、またあの男が来たら、今度は鍠牙を代わりに守ってください」

「私が？　そんなことできるかしら……」

「夕蓮様、私はあなたが鍠牙に散々悪さをしてきたのを知っています。あなたは最低最悪の悪い人だ。だからせめて一度くらい、あの子を守ってください。私はもう、守れないから」

「……おかしな子ね。あなたはどうしてそこまで鍠牙を守ろうとするの？　あの子がそんなに好きなの？」

「自分の許嫁を守るのに理由がいりますか？」

「それだけで人のために死ぬの？」

「……私は、不出来な生き物です。女らしくいられないし、男にもなれない。自分のまま、愚直に生きることしかできない。なのに、鍠牙はこういう私に憧れてくれた。馬鹿で可愛い許嫁です。だから……あの子の理想に恥じない自分でありたい」

「……そう、分かったわ。他に私にできることはない？」

「………………私が死ぬまで傍にいて、手を繋いでいて」

「いいわよ」

夜が明ける頃、明明は夕蓮の手を握ったまま冷たくなっていた。

呪いをかけたのが弟であると知ったのは少し後。

彼が再び鍠牙に呪いをかけようとした時だ。夕蓮は猫を使って弟を追い払った。

それが明明との約束だったからだ。

◇　◇　◇

「それでお前は、自分が明明を殺したように装ったの？」

「ええ……だからね、これ以上明明のことを調べたりしないでね」

夕蓮は優しく笑う。とても人を狂わせる怪物には見えない。息子に毒を盛った異常者にも見えない。ただ息子を案じる優しい母にしか見えない。

「だったらどうして……ただの病死に見せかけなかったの？　そうすれば、あの男は今ほど苦しまずに済んだでしょう？」

「あら、だってそんなのつまらないじゃない。明明が自分を庇って死んだと知らせるのはダメよ。鍠牙の心が壊れちゃう。でも、病死では退屈だわ。おもちゃは壊さない程度に遊ばなくちゃ。壊れてしまったらもう遊べないでしょ？　憎しみに駆られれば、あの子がいつか私を殺してくれるかもしれないし」

無垢な微笑みで毒々しい言葉を吐く。やはり夕蓮は夕蓮だった。

「お前は本当に……生きることが退屈なのね」

「ええ、退屈よ。つまらないわ。みんな私を愛して、私の奴隷になってしまう。鍠牙もあなたもみんな同じ。そうならなかったのは先王陛下お一人だわ。あの人だけが私を愛さなかった」

夕蓮は思い出すように笑みを深めた。

「私のことをくだらない女だと言ったわ。いつか私を殺してくれると約束してくださった。だからこれ以上馬鹿げた悪さをするなって。だけど……嘘だったわね。一人でさっさと逝《い》ってしまったわ。だから退屈で退屈で仕方がないの」

夕蓮は窓の外へ白い手をひらひら出して言った。

「よく分からないわ」

玲琳は窓の外でその手を掴む。

「たかが数十年。どんなに生きても百年程度。そんな短い時間、どうして退屈できるのか分からないわ。殺されなくてもすぐに死ぬわよ。たった百年もしないうちに」

「たった百年？」

「たった百年よ」

「そう……なら、もう少しだけこの退屈に耐えてみようかしら」

夕蓮は淡い吐息をついた。

終章

　雪の積もったある昼下がり、玲琳は自分の部屋へ里里を呼んだ。

「お前はこれからどうしたいの？」

　彼女が星深の共犯者であったことは、玲琳の胸の内に秘されている。彼女は星深にかどわかされたと思われていた。それゆえ今も後宮に留まっている。

　そもそも彼女は星深の正体を知らず、彼が夕蓮の命を狙っていることも分かってはいなかったという。

「……お妃様は、私をお許しになるのですか？」

「許すも何も、私はお前に何もされていないわ」

　玲琳と敵対した蠱師はもう死んだ。玲琳が里里を恨む理由など何もない。そして玲琳は里里をまだ気に入っていた。彼女の抱く歪で無様な毒を。

「帰りたければ帰ればいいし、ここにいたければいればいい。想う相手に想いを告げたいのであれば、そうすればいい。もしくは……」

玲琳は小さな薬瓶を里里に差し出した。

「想い人を振り向かせてみるのもいいのじゃない？　これは相手の心を奪う蟲毒。お前にあげるわ」

里里は危ない手つきで小瓶を受け取る。

「お前の想い人が誰だか知らないけれど、それを飲ませれば相手の心はお前のものになるわ。お茶などに入れて飲ませなさい」

「想い人って……多分あの人ですよね。あの人と会う時だけ、里里様は様子がおかしかったですもの」

傍らに控えていた葉歌がぼそりと言った。

「え、誰のこと？　私は知らないわよ」

玲琳はきょとんとする。

「……鈍感……」

葉歌は呆れたみたいに首を振った。

そこで来客が告げられ、利汪と朱奈夫婦が入ってきた。

「大変お騒がせしました」

二人は入るなり頭を下げた。

「私のせいで皆様に迷惑をかけてしまいましたわ。本当に申し訳ありません」

朱奈は力なくうなだれている。

「毒のせいだったんだ。お前のせいではない」

利汪が妻の背に手を当てる。

二人を見ていた里里が突如動いた。卓に用意されていた茶をとり、彼らに向かって差し出した。湯呑を持ち上げる直前、小瓶に入った蠱毒を茶に垂らしたのを、玲琳と葉歌は見ていた。

里里はそれを――朱奈に向かって差し出した。

「……朱奈様……飲んでください」

「えっ!? そっち!?」

葉歌が仰天して声をあげる。

「まあ、ありがとうございます」

朱奈は嬉しそうに言って、茶に口をつけようとした。しかし、その直前で里里は茶の飲み口を手で覆った。

「里里様?」

「……朱奈様……姜家の父と血が繋がっていない私は……あの家に居場所がありませんでした。そんな私に子供の頃から優しくしてくださって……いつも物語を読んでくださって……市場へ遊びに連れて行ってくださって……ありがとうございました。あなただけが私を、魅力のある女の子だと言ってくれた。あなたは私の……大好きなお姉様です」

そう言って、里里は朱奈の手から湯呑を落とした。

「里里?」

兄が怪訝な顔をする。

「里里様……嬉しいですわ。私もあなたが大好きです」

朱奈は嬉しそうに頬を染め、里里を抱きしめた。二人の世界に入った彼女たちを見て、周りの一同はぽかんとする。

長い抱擁を終えると、夫妻は玲琳の部屋を後にした。

彼らの姿を見送り、里里はぽつりと言った。

「兄は……私に良くしてくれた恩人です。兄に背くことなどしたくなかった。それなのに……私は兄を憎いと思ってしまいました。あの人が兄に笑いかけるのが辛かった。何も感じず……何も考えずにいれば……生きていくことはできたけれど……兄と顔を合わせるたびに、色々な気持ちを思い出して……罪悪感でいっぱいになって……まともに兄の顔を見られなくて……今日、久しぶりに兄の顔を見ました」

切れ切れに想いを語り、玲琳の方を振り向く。

「お妃様……私はこれからどうしたらいいのですか?」

何の感情も見えない無表情。玲琳の唇は自然と弧を描いた。

「そうだったわね。お前のことは私が決めてあげると約束したわね。お前は側室としてここにいなさい。私の傍に置いてあげる」

傍らの葉歌が飛び上がるほど驚いている。里里は恭しく礼をした。

「私はもう二度と、人を好きになることはありません。今でも、恋は毒であると思っています。けれどお妃様は毒を美しいとおっしゃった。あなたの傍でなら、息ができるかもしれないと私は思いました。どうかお傍に置いてください」

紡ぎ出される感情のない言葉を聞き、玲琳はこの上なく嬉しそうに笑った。


「だから何故勝手に決める……」

鍠牙はうんざりしたように言った。

その日の政務を終えて自室の長椅子に座っている。その傍らに玲琳は腰かけていた。

頭の上には例の蛾蠱が。

鍠牙は蛾蠱をじろじろと眺めた。

「何故また丸くなってるんだ」

「血をたくさん飲ませないとああならないのよ」

「普通逆だろう」

呆れ気味に言う。

玲琳は膝の上に蛾蠱を抱えた。こうするとかなり暖かい。

それを見た鍠牙が玲琳を引っ張って自分の上に座らせる。鍠牙、玲琳、蛾蠱。奇妙な形に重なって暖をとる。

「里里は私のお気に入りなの。だから傍に置いておきたいの」

玲琳は背中と腹の両側から温められつつ言った。

背後から、少しムッとした気配がする。

「姫、俺と彼女と――」

「どちらも大事ではないわよ」

最後まで言わせず玲琳は答える。

ちらと後ろを見ると、鍠牙は不満そうな顔をしていた。

「お前のことなど好きではないし、愛しもしない。大切にもしない。お前が欲しいものは何もあげない。私がお前に与えるのは罰と薬だけよ」

玲琳はくつくつと笑う。

「姫……俺が泣いてもいいのか」

鍠牙がげんなりしたように呟いた。

玲琳は小首をかしげる。

「嬉しくて？」

「ああ、嬉しくて泣きそうだ」

投げやりな物言いに、玲琳は声をあげて笑った。ひとしきり笑い、後ろを向き、鍠牙に向けて両手を広げる。放された蛾蠱がぴょこんと頭の上にのった。

抱きしめてあげるというその合図に、鍠牙は懐疑の目を向ける。

「罰と薬以外は与えてくれないんじゃなかったのか」

「ええ、もちろん。これは薬よ」

玲琳はふふんと笑う。

「なるほど、じゃあもらおう」

鍠牙はしかつめらしく頷いて、玲琳を抱きしめた。

温かさがお互いの間を行きかう。

「なあ、姫……」

「何？」

「あなたは俺の名を呼ばないな」

突然言われ、玲琳は抱きしめられたままきょとんとした。

「そうだったかしら？」

「呼ばれた記憶がないな」

そうだったろうかと玲琳は記憶をたどる。

「そういえばそうね、呼んだ方がいい？　鍠牙」

少し体を離して名を呼ぶと、鍠牙は一瞬目を丸くし、なんだか満足そうに笑った。

うっかり喜ばせてしまったと少し悔やむが、あまりに嬉しそうなのでもう一度呼んでやりたいような気もした。

この感情は何なのだろう？　自分が彼に抱く感情は。

鍠牙は夫であり、患者でもある。けれど、彼に抱く感情は、そのどちらにもふさわしくないように思われた。

様々な感情の名を、玲琳は頭に浮かべる。

愛……恋……同情……執着……憐憫《れんびん》……そのどれも、玲琳が鍠牙に抱く感情を表してはいなかった。

寵愛――という言葉をふと思い出した。

けれど、これはそれとも違う。玲琳が寵愛するものがあるとしたら蟲だけだ。

既存の言葉では、彼に抱く気持ちを表すことができない。

この世にはこの感情に付ける名前が存在しない。

こんな毒を持つ人は、他にいないのだから。

「他にもっと気にいる毒が見つかっても、あなたは俺を罰し続けてくれるのか？」

胸に抱えた玲琳の髪を弄《もてあそ》びながら、鍠牙はぽつりと聞いた。

「お前はこの世に二人いないし……いらないわ」

それは鍠牙がいつか玲琳に言った言葉だ。

「そうだな、悪かった。俺がどうあっても、何をしても、何を求めても……姫は俺を罰してくれるんだろう？」

「ええ、そうよ。死ぬまでずっとね」

「それなら俺は安心していられる。苦しい方へ行かなくてもいいと思える。自分からそうしなくても、あなたが俺に痛みを与えてくれる。だから姫、どうか死ぬまで俺を……幸福にしないでくれ」

鍠牙はそう言って玲琳の肩に顔を埋めた。

乞われて玲琳はうっすらと笑った。

「ええ、いいわよ。私は毒より強い蠱師だから、お前を死ぬまで不幸でいさせてあげるわ」

―――本書のプロフィール―――

本書は書き下ろしです。

小学館文庫

蟲《むし》愛《め》づる姫《ひめ》君《ぎみ》の寵《ちょう》愛《あい》

著者　宮野《みやの》美嘉《みか》

二〇一九年十一月十一日　初版第一刷発行
二〇二〇年十二月十五日　第四刷発行

発行人　飯田昌宏
発行所　株式会社 小学館
〒一〇一－八〇〇一
東京都千代田区一ツ橋二－三－一
電話　編集〇三－三二三〇－五六一六
販売〇三－五二八一－三五五五
印刷所 ―――― 図書印刷株式会社

造本には十分注意しておりますが、印刷、製本など製造上の不備がございましたら「制作局コールセンター」（フリーダイヤル〇一二〇－三三六－三四〇）にご連絡ください。（電話受付は、土・日・祝休日を除く九時三〇分～一七時三〇分）本書の無断での複写（コピー）、上演、放送等の二次利用、翻案等は、著作権法上の例外を除き禁じられています。本書の電子データ化などの無断複製は著作権法上の例外を除き禁じられています。代行業者等の第三者による本書の電子的複製も認められておりません。

この文庫の詳しい内容はインターネットで24時間ご覧になれます。
小学館公式ホームページ　http://www.shogakukan.co.jp

©Mika Miyano 2019　Printed in Japan
ISBN978-4-09-406718-7